きみに愛をおしえる

崎谷はるひ

幻冬舎ルチル文庫

CONTENTS ✦目次✦

きみに愛をおしえる

✦カバーデザイン＝小菅ひとみ(CoCo.Design)
✦ブックデザイン＝まるか工房

イラスト・蓮川　愛✦

きみに愛をおしえる

本なんて、ずっと嫌いだった。

漫画は年ごろの少年のたしなみとして読んだけれど、小説は本当にだめだった。宿題の読書感想文を書くために読むことを強いられ、図書館で借りた分厚いハードカバーを持ち帰るだけでも、億劫《おっくう》でたまらなかった。

いまでこそ世間でもオタクキャラの読書家として知られる瓜生《うりゅう》衣沙《いさ》が、まだ自分の名前を『宇立勇《うりゅういさ》』という字でしか認識していなかったころの話だ。

宿題提出のリミットが近づき、渋々と本を開けば襲ってくる活字の群れ。一文ずつ追うのが精一杯のうえに、読書に没入するよりも一〇〇〇文字以上もの文字マスを埋めなければいけない恐怖で頭はいっぱい。当然内容などろくにはいってこず、なにをどう書けばいいかわからず、苦痛で、面白くなくて、結果、親にしこたま叱られながら言われたとおりに原稿用紙を埋めた。というか、ほとんど母が言っていることを書き写したようなものだった。

本嫌いが決定的になったのは、ある年の課題図書。一覧のなかから母が選んだのは、よりによって主人公の『少女』が親兄弟友人すべてに反抗的に憤った心情を丁寧に綴《つづ》られている児童書だった。大人になってからは大変文学的で高尚な内容であり、機能不全家庭で育った子どもの成長と社会問題を提示した物語だったと理解できたが、その当時は同年代の女子のドロドロした内情を露悪的にしか感じなかったし、重くて暗くて読むのが苦痛で、それを理解し感想を述べよと言われても「さっぱりわからん、この本ヤダ」が本音だった。

たぶん、他にもいろいろな本は――どれもこれも必要に迫られて――読んだと思うが、強烈な苦手意識を感じたそのことで、全般に「本」が嫌いになったのだと思う。

そんな宇立少年だったが、皮肉なことにその幼少期から『台本《ホン》』を読むことは義務づけられていた。というか、物心ついたころには子役俳優として仕事をしており、舞台やドラマ、映画などにちょこちょこと出ていたからだ。

ものすごく売れる子役ではなかったが、小器用で顔だちも整っていた宇立少年には、わりと仕事はあった。

母親によれば「幼稚園のときにやったお芝居で主役を演じ、もっとお芝居がしたいと本人が言った」ために、当時募集されていたテレビの子役オーディションを受けさせたというのだが、瓜生自身は覚えていない。

幼いころのおのが心情などあいまいだし、よくもわるくもこの業界は話を盛る。雑誌のインタビューなどで何度もこすられたこのエピソードを繰り返し話すうち、それが事実のように刷り込まれていった可能性もあると、十代なかばごろの瓜生は思っていた。

だって、やっぱり本はきらいだし、芝居をすること自体はべつに、いやとかではないけれど、正直、自分でなくてもいいのではないかと、そんな考えがよぎってばかり。

凡百、という言葉を、中学のときに出演した映画で学んだ。瓜生の役は主人公の学生時代の同級生そのイチ。名前すらないまま、その主人公と間違えられて殺される役だった。いくらでも代わりのいるたくさんの役者のなかで、スターの代わりに殺される役。なんとも皮肉だと、失笑した。

高校にはいるころには、なぜ自分が芝居のまねごとなどをしているのか、よくわからなくなっていた。そのくせだらだらと役者を続けたのは、単にやめどきがわからなかったからにすぎず、だからオーディションにも落ちるし、身もはいらないまま。

芸能人がたくさん通う、芸能活動と学業の両立をあらかじめうたった、それだけにゆるい学校は、まあまあ楽しかったと思う。

仕事柄、いろんな大人とも接触するので、多少の悪い遊びも覚えた。セックスも知った。ただし違法になるような行為などは絶対にしなかった。なにも正義漢ぶるのではなく、スキャンダルで炎上して人生が終わるひとたちをたくさん見たし、他人も自分も傷つけるのもいやだった。リスクを負ってまでスリルを求めるタチではなかった、それだけだ。

――おまえ、芝居も遊びも半端だよな。

当時つきあいのあった誰かに言われた言葉に、気にしないふりをしながら傷ついた。けれど、突き抜けるためにやれとほのめかされたのが、おクスリや暴力のたぐいで、だったら半端でかまわないと思った。

ゆるくて、そのくせカラカラに乾いている感じもして、焦っているのになにもしなかった。

だから『あの出会い』は、やっぱり魔法だったんじゃないかな、と瓜生は思うのだ。


あるとき、オーディションの落選通知をもらって、がっかりもしない自分に気づいた。「べつに本気じゃないし」なんてことを負け惜しみですらなく思い、終わってるなと思った。

当時の毎日がそうであったように、瓜生はその日もなんとなく怠惰につまらなくて、学校をサボった。友人と遊ぶ気にもならなかったので、ひとりで近場のショッピングモールをぶらついた。シネコンもあって、暇つぶしにはちょうどよかった。

選んだのは海外の大人気CGアニメ。吹き替えではなく字幕版だったのは、オーディションに落ちたその日に、声だけと言えど日本語の『お芝居』に触れたくなかったから。

（本気でちゃんとやらなかったくせに）

無駄な自意識にうんざりしつつ映画を見たあと、適当にショップを冷やかしぶらついた。

フロアの一角に、本屋があった。通りすがり、特設コーナーの看板が目に飛びこんできて、思わず顔をしかめる。

【受験生必見！　アノTVで有名な塾講師が厳選した参考書！】

そろそろ、進路について本気で考えなければならない時期だと、親と話したところだった。幸いなことに芸能活動について理解のある両親だったが、いまひとつ身のはいらない瓜生のことにも気づいていた。

——進路を考えるなら、いまのうちだぞ。芝居を続けるかどうかも、きちんと考えなさい。役者をやめ、大学受験も視野にいれろと言われて、それもそうだとうなずいた。自由にさせてくれる親は、けれどただあまいわけじゃない。だらしなくすごした時間と責任はおのれの人生にのしかかると、冷静に助言された。

芝居をしたいのか、したくないのか。ものになるならないではなく、「おまえが」どうしたいのだと問われた。精一杯やった結果ダメならば、その後の手助けくらいはしてやると。

——ただし惰性でやっているだけなら、成人したと同時に援助はしない。覚悟をしなさい。

おのが両親ながら、やさしくも厳しい言葉だった。そこまで言われては、半端なままずるずるいって、ニートになるのだけはダメだろうと、そう思った。

じゃあ、どうする。せっかくやってきたことへの未練はある。不安もある。逆に言えば、いまの『瓜生衣沙』にはそれしかない。

参考書を眺めて立ちつくしていたら、ポケットのスマホが振動する。

【いま時間ある?】

サボりを見透かしたようなタイミングで、知人からのメッセージが飛んでくる。ポップアップウインドウには差出人名。

「……五十公野《いずみの》サンか」

瓜生は顔をしかめたまま、既読がつかない方法で確認したあと、返事せずにアプリを終了。

ダンスレッスンで知りあい、のちに高校も同じとわかって仲よくなった男だった。しかし相手はつきあったつもりででもいたのか、やたら彼氏ヅラをしてきて、それもうざかった。おまけにタチの悪い感じの連中とつるみはじめて、雰囲気がよくない方に変わったため、最近では避けている。

それが逆に気にいらないのか、やたらとしつこく、クラブだパーティーだと誘いがくる。金もかかりそうだったし、絶対にアルコールのはいる場だ。

――いい子ぶってねえで、ハメはずしてみろって。遊びは芸の足しになるっていうし。

子役だった瓜生の役者暦を知らないそいつは、高校で先輩だったというだけで、上から目線だった。最初はその刺激的な世界を垣間見て軽く昂奮《こうふん》もしたが、彼の言葉のすべてが単なる受け売り、中身や実感の伴わない見栄はりなのだと気づいてからは、醒《さ》めた。

ホーム画面のポップアップで確認したため、既読にはならないだろう。

「いきませんよー……と」

ため息をついて、メッセージの相手をミュートにする。ブロックや登録削除までいくと、こちらから切られたと気づいた怒りで攻撃されかねない。やんわり遠ざけ、なにかの折りにはアプリの不具合だと言っておけばいい。

つまらない対処法ばかり覚えたものだとうんざりする。ビッグマウスなだけの薄っぺらい人間としかつるめていない、そんな自分も薄っぺらだ。

いろいろと整理すべき時期なのかもしれない。ダラダラと役者暦十年。小器用さだけしか身につかず、研鑽《けんさん》するべき中身は空っぽなままの自分を、知っている。

目のまえの参考書たちは、その危機感をいやというほど煽《あお》ってきた。十代も終わりに近づいて、モラトリアムなんて言ってられない現実がもうすぐ——。

「……ん？」

どんよりと思いつめていた瓜生は、うつろに見つめていた受験対策特集ワゴンの隣に、まったく毛色の違うコーナーがあるのを見つけた。

見るからにお堅い参考書のレイアウトとは対照的な、カラフルで派手なアニメ絵。漫画かと思いきや、ライトノベルの若手作家特集らしい。

『いま、このラノベがアツい！　書店員タカナシのイチオシ！』

文字が躍るような手書きポップにはあらすじとイラストが熱意たっぷりに記されていた。

タカナシって誰よと思いながらも、そういえば事務所から進められたオーディションのなかにライトノベル原作のアニメの声優オーディションもあったと思いだす。

（オタク系のセンスって、よくわかんないんだよな。なんで日本人の設定なのに、髪の毛ピ

ンクとか緑なんだ）

胸がやたら強調されている異次元な骨格、顔面の比率に対して異様なほど目が大きな美少女イラストも、当時の瓜生には奇怪に思えた。

けれど、だから、そのなかで異彩を放つその本に、目が止まったのだろう。

【ヴィヴリオ・マギアスとはぐれた龍《りゅう》の仔《こ》】

顔がアップになった美少女カバーの群れのなか、ぽつんと、水彩画のようなその表紙は浮きあがっていた。森のなか、湖畔にいる竜と、髪の長いこれは男か、女か。遠景の構図で、顔ははっきりしない。

第一印象は「これだけ毛色が違うなあ」と、ただそれだけだった。装丁の絵は、オタクの記号的なそれよりわかりやすく、きれいだと素直に思った。いつだったか、役者なら審美眼を磨けと先輩俳優に勧められ美術展で見た、ミレイのオフィリアに、色の感じが似ていた。

（……なんかこれ、いいな）

つい数秒前まで、参考書を見て、目を覚ますべきだと思っていた。ふわふわとした芸能界に片足を突っ込み、それでいて正しく「芸能」を極めるでもなく、学生としての本分に打ちこむでもなく、中途半端な自分がいやだった。

参考書を手に取って、身の丈にあう大学に進んで、就職を目標に努力して――そうであるほうが「正しい」はずで、「そうすべきだろう」と頭のなかで誰かが言う。

なのに、手に取ったのは横書きの参考書ではなく、緑の仔竜が描かれた文庫だった。ファンタジー作品など、読んだことはなかった。ゲームでもファンタジー路線のＲＰＧは不得手で、仲間とつるんでゲーセンでやるのはもっぱらカーチェイス系かシューティング。さっき見た映画も、現代を舞台にしたコメディ系の、アクションサスペンスだ。

一度だって、ファンタジーものに興味を持ったことがない。むしろ苦手ですらあった。なのに、目にはいった。はいってしまった。そのまま本を摑《つか》んでレジに向かい、書店のカバーをかけられた文庫を手に、モールのなかのフードコートに向かった。ドリンクひとつで席に座る権利を得たのち、なぜだかものすごくどきどきしながら本を開いた。

文章を読むのが得手でないはずの瓜生だったが、『文章を読んでいる』と意識したのは最初のタイトルページだけだった。あとは一気に、物語のなかに没入し、竜になって空を飛び、魔法を使って戦い、孤独な旅の野営に、たき火の音とオオカミの遠吠えを聴きながら、みっしりと星に埋め尽くされた、三つの月が浮かぶ空を見あげた。

苦しんで、泣いて、笑い、裏切られて、愛した。

気づいたら最後のページで、ぐずぐずに泣きながら顔を押さえていたハンカチが用を為《な》さず、フードコートのナプキンを何枚も使って涙と鼻水をふいた。

それでも鼻が詰まっていて、はふはふと口で息をしながら、買うだけ買ってひとくちも飲んでいなかった、氷がとけて薄くなったコーラを一気に飲み干した。気抜けしてあまいだけ

だったが、冷たさが泣いて火照った喉《のど》を冷ましてちょうどよかった。

読み終えて、しばらく放心した後、はっともう一度本を開く。表紙、カラーの口絵、そして、扉。じっくりと、作品名と作者の名前をたしかめた。

【ヴィヴリオ・マギアスとはぐれた龍の仔】――灰汁島セイ。

なんと読むのか知りたくて奥付も確認する。ルビが振ってあった。あくしま、せい。

瓜生の頭のなかには、まだ生意気な仔竜が飛び続け、口の悪い魔術師が悪態をついていた。立ちあがり、その足で、書店にもう一度向かう。そして書店にある限りの、灰汁島《あくしま》セイの既刊刊行物すべてを買いあさり、家に戻って部屋にこもり、読み倒した。

「え、なにあなた、小説読んでるの？」

「……うん」

数時間後、母親が部屋に様子を見にきた。進路について家族会議をした数日後、泣きはらした顔で帰宅するなり部屋にこもった息子を心配してのことだった。そして瓜生はやっぱり泣きながら、その日二冊目の本を読んでいた。

「これめちゃくちゃ、おもしろくて、泣ける……」

文庫と真っ赤に充血した息子の目を見比べた母は、「あらまあ」と呆《あき》れ笑いを浮かべて、やわらかいタオルとアイスパック、冷たいドリンクを持ってきてくれた。

「目元、こするとと腫れるわよ」

それだけ言って、「面白かったらお母さんに貸して」と部屋を出ていった。進路についてせかされることもなく、ただ嬉《うれ》しそうにしていたのが、やけに不思議だった。

あのとき、なぜ放置してくれたのか、のちに聞いたところ、「だってあんなに夢中な顔したあなた、どれくらいぶりに見たかわからないもの」とのことだった。

「好きになれるものができて、よかったわね」

そう笑った母にはとりあえず、感謝の念として灰汁島の文庫本を数冊、自分の役者としての稼ぎから買って渡した。「貸してって言ったのに」と驚く母に「布教用だから」と言ったら意味がわからないという顔をされた。

ともあれ、瓜生衣沙は灰汁島セイと出会ってしまった。

世界がきれいにひっくり返って、空っぽだった瓜生のなかに、魔法のように言葉が満ちた。偏屈な魔術師、生意気な仔竜。愛《いと》おしくて、かわいくて、せつなくて、この世界にどうにか行けないだろうかなんて、子どもみたいなことを思ったのち、気づいた。

(いつか、アニメになったり、とか)

そうしたら声を当てる機会が、もしかしたら、……もしかしたら——！

澱《よど》んでいた目をきらきらさせて、瓜生は事務所のマネージャーに連絡をいれた。

「あの、この間言ってた声優のオーディションて、まだエントリーできますか?」

灰汁島セイという作家の文章は、スパイスのきいたチャイのようだった。とてもくちあたりよく、軽くてあまいのに、飲みこんだあとにピリッとして熱くなる。

アルコールの味を知ってからは、酩酊感《めいていかん》も相まって、良質なカクテルのようだと感じた。

はじめてその本を手に取ってから十年以上が経《た》っても、瓜生衣沙はもうずっと、灰汁島の小説に魅了されたままでいる。

＊　＊　＊

「――ハイ、オッケーです！」

スタジオのブース内に、監督の声がかかった。台本を手にマイクのまえに立っていた瓜生は、大きく安堵《あんど》の息を吐く。

今日は瓜生がアニメで主役を演じた『ヴィヴリオ・マギアスとはぐれた龍の仔』の、DVD特典用ドラマCDの収録。ひととおり、台詞《せりふ》パートを録り終えてみれば、開始から二時間が経過していた。

「えっと、大丈夫だったでしょうか」

軽い疲労感を覚えつつ、瓜生は振り返り、ガラス越しに監督たちへと目を向ける。OKサインを両手で丸を作って示してくる音響監督と同時に、スピーカーからやわらかい声がした。

『あの、すごくよかったです。ありがとうございました』

姿は一切見えないが、ネットを通し音声でつながっている。原作者のお墨付きが出て、ほっとした瓜生は笑顔を浮かべた。

シナリオを書き下ろしてくれた原作者、灰汁島の声だ。彼は、好評のうちに一クールの放映を終えた地上波放映のアニメ収録のときは、一度も現場にきたことがなかった。理由は単純にスケジュールの問題であるのと、灰汁島が人見知りで、初対面の人間が苦手なこと。

そして、彼のポリシーだ。

餅は餅屋、アニメは監督をはじめとする作画その他のスタッフ、そして声優たちに委ねてこそだと灰汁島は言う。

――メディアミックスされた時点で、もう別の作品だと思ってる。そこに素人がしゃしゃり出て、よけいな色をつけたくない。プロに任せるほうが絶対にいいものができるから。

ツイッターで、読者から「アフレコには行かないんですか」「キャストは先生が決めましたか」といった質問が多数きた際に、まとめての返答としてそうツイートしていた。

じつのところ今回もかなり、参加は渋られた。

そもそも、今回の円盤《DVD》発売で灰汁島は販促関連に忙殺されている。ＤＶＤは全巻に書き下ろし小冊子つき、関連書籍にも書き下ろし小説。むろん、これらと関係のない原稿にも追われていて、最近はまた、めちゃくちゃな時間に投稿される【ねむい】【つらい】などの愚痴ツイートも増えている。

(先生、修羅場になるとツイート数増えるからなあ)

若干引かれるレベルで灰汁島のファンである瓜生は、公式とは別のオタクアカウントで灰汁島のツイッターを、ネットストーカーレベルでねっとりと追いかけている。もちろん投稿はすべて通知設定、すべていいね、すべてブックマークだ。我ながらキモいと思っているが、神経質なようでいて意外とその辺はスルーできる灰汁島のおかげで、いまのところ問題にはなっていない。

さておき、そんなこんなで多忙を極める灰汁島の収録への立ち会いは、本来かなりむずかしかったのだが、瓜生が「できれば意見がほしい」とお願いして、どうにかリモートでの収録参加が実現した。

本来であれば、同じ場面にいる場合にはキャラクターを演じる声優全員で同時に収録するのが望ましいのだが、スケジュールの関係で瓜生のみの抜き録りとなっていた。

瓜生が演じるのは主人公の魔術師『カタラ』だ。そして相方の仔竜『サヴマ』役のベテラン声優、萬原《よろずはら》りつは、すでに収録を済ませている。その音声を流してもらいつつ、会話部分を順番に収録して、最後にナレーションを一気に録った。

特典用ＣＤとはいえ、シナリオはアニメの担当脚本家が、原作者の特典小冊子から起こしたもので、二十五分というそこそこの長さの作品となっている。分量はけっこうなもので、瓜生ひとりの収録であっても、打ち合わせや休憩を挟んで四時間はかかる予定だ。

「先生もオッケーだって。よかったね、瓜生くん」

「わ、よかった……！　ありがとうございます！　イメージあってましたか？」

にこにことしながら問えば『はい、ばっちりです』とかすかに笑う灰汁島の声。本人はまるで自覚がないようだけれど、じつは灰汁島は美声なのだ。こうしてスピーカーから聞こえると、やわらかくあまく、高くはないが低すぎない、やさしい声だとよくわかる。

やはりいい声だな……と瓜生がひっそりうっとりしていれば、音のプロも当然、気づいた。

「あのさ、さっきから思ってたんですけど、先生じつは声いいですよね。今度、瓜生くんと一緒の対談とかおまけ収録しませんか？　音声で」

笑いながら言う音響監督も、そもそもが声優から転身したタイプで、こちらも声がいい。

『えっ、た、対談？』

「どうです？　担当さん。そういう企画あるなら、ぼく、録りますよ」

『えっえっ、えっ』

焦る灰汁島の代わりに現場に立ちあった担当編集の早坂未紘《はやさかみひろ》が、有無を言わさずほがらかに笑った。

「灰汁島さんと瓜生さんの対談か……ＷＥＢ配信いけますね。どうですか？　今度のＤＶＤ

宣伝用動画、灰汁島先生も」

『はっ？　いえっそういうのはちょっとっ！　動画ヤダって言いましたよねっ⁉』

音声を拾った灰汁島が見事に声を裏返し、あまりのうろたえぶりに場がどっとわく。

「アッハハ！　もー先生、なにその声」

瓜生も笑ってしまい思わずつっこめば『えええ、だって……』と弱った声がスピーカーから聞こえてきた。おろおろしているのが目に見えるようで、微笑《ほほえ》ましい、と瓜生はにっこりする。同時にガラスごし、ブースのなかから彼らのいるコントロール・ルームを見やると、早坂と目があった。穏やかながらしたたかな彼に、瓜生も肩をすくめる。

「早坂さん、抜け目ないですよねえ……」

「いえいえ、そんなそんな」

『えっちょっと、マジな方向？　ぼくほんとに、ほんとにヤですからね⁉』

「冗談ですよ？　そう慌てなくても」

監督と灰汁島の言葉に早坂は微笑んでいるが、その目がなんだか底光りしている気がする。

そもそも、人前がかなり苦手な灰汁島に対し「いまは作家も顔出しの時代です」とごり押しして、瓜生との対談やインタビューなどを企画した張本人が早坂だという。

おかげで灰汁島との縁ができた瓜生としてはありがたくもあり、同時に、なかなか手強いひとだなあ、とも感じている。

（さすがに空気変えないとかな）

スピーカーからの気配のみだが、灰汁島はわりと限界なようだ。手元のシナリオに目を落としたのち、瓜生は問いかける。

「……えっと監督、確認ですが、残りは宣伝ナレーションですよね？」

本日の収録分シナリオは、プリントアウトしたA４の紙がダブルクリップで束ねられたもの。アニメや舞台芝居など、関わる人数が多い大きな仕事の場合は製本したシナリオが出てくるが、単発のドラマCDなどでは、コピープリントをまわされるのが定番だ。

今回はとくに人数のすくない特典用で、ほぼ瓜生と萬原《カタラ》《サヴマ》の会話劇であるため、自分の出番をカラーマーカーでチェックする必要すらなかった。

「そうですね、どうする？　休憩いれようか？」

「いや、もう録っちゃいましょう。あと数行ですし」

シナリオには、宣伝用のナレーションと台詞がいくつかと、発売日を告知する内容が数行。さらに発売後に使うための切り替え部分として『好評発売中』の文字が並記されている。

「発売中のとこは、サヴマも言うから。録ってあるの流すね」

「タイミングあわせますか？」

「いや、逆にあっちがはしゃいで音がずれて、カタラがたしなめる感じで……」

シナリオ上では書かれていない、こまやかなキャラクターについての演出をつけてもらいつつ、自分のなかの『彼ら』と相違ないのを感じてほっとする。

「——って感じでいいですか、先生？　早坂さんも」

『いいです。お任せします』

「アドリブいれてもらってかまわないです？」

『はい、問題ありません』

灰汁島はいつものとおり、演技プランにはいっさい口を出さない。忙しいなか書き下ろしてくれた原作、それから起こされたシナリオが瓜生は愛しくてたまらなかったし、だからこそ最高のものをと、思う。

「なんか違うなと思ったら、突っこんでくださいよ、先生！」

あえてブースから声を張りあげると、困ったような灰汁島の苦笑。

『……信頼してますので、お任せします』

眉をさげた、あの顔が見えるようだった。そして瓜生はその顔が、とても、好きだ。

（会ったらチューしちゃる）

腹の奥にぐわっときたものを芝居へのテンションに変換して、瓜生は声をあげた。

「じゃ、いきます。よろしくお願いしまーす！」

＊　＊　＊

「お疲れさまでした！　瓜生さん、このあとお時間は？」

おまけのショートフリートークまでを録って、夕方の六時に収録が終了した。「よかったら食事でも」と気を遣う早坂と音響監督に「残念ですが」と瓜生は肩を落とした。

「これから、大阪なんです。明日から二週間は舞台で、あと今夜はテレビの収録もあって」

「あらら……それは残念。ていうか、だからその荷物……」

ちらりと早坂が足下を見る。瓜生の手にはキャリーケースの引き手が握られている。ちいさめサイズとはいえ、収録直行の荷物ではない。

「いまからさらに移動して仕事なんですか？」

「ひどいときは深夜の移動もあるんで」

「……ひとのことは言えませんけど、身体《からだ》には気をつけてくださいね」

「それ、早坂さんが言っちゃいます？　先生が『あのひといつ寝てるのかな』って心配してましたよ」

というのも、早坂に原稿を提出するメールを送信した直後、必ずレスポンスがくるのだそうだ。早坂のいる白鳳書房《はくほうしょぼう》以外にも、いくつかの出版社で仕事をしている灰汁島だが、「そんな担当さん早坂さんしか知らない」とのこと。

——だって深夜の三時でも昼の三時でも同じタイミングで返事くるんだよ……。

もはや怖い、と震えていた灰汁島の言葉を大変善意に解釈して伝えたところ、早坂は笑いながらばっさりと切ってのけた。

「あっはは。心配っていうか、ぼやいてたの間違いでは」

「あっはは。ぼくからはなんとも」

世間話に苦笑しつつ、スタジオを出る。このスタジオは目のまえがすぐに大きな道路で、ちょうどタクシーの空車を見つけたため、瓜生は手をあげた。

「すみません、それでは失礼します！」

「お気をつけて、いってらっしゃいませ」

「次の収録もよろしくね！」

その場の皆に慌ただしく別れをつげて乗りこみ、瓜生は目的地のターミナル駅を伝えた。

「すみません、品川まで」

「品川ですね、高輪口ですか？　港南口？」

「新幹線に乗るので……」

「あ、じゃあ港南口ですね」

運転手が答えながら、カーナビに目的地を入力するのが見えた。瓜生は足下にキャリーケースをおさめると、後部座席に背中を預け、長い息をついた。

最近はだいぶ顔が売れてきたため、バスや電車を使うのはむずかしいときもある。特にタイトな移動スケジュールの場合は、囲まれて電車に乗り遅れるなどのハプニングは避けたい。

（だいぶ贅沢《ぜいたく》な気はするけど）

事務所からも、トラブルを起こすくらいなら経費を使えと言われているから、これでいいのだと自分を納得させた。緊密なスケジュールをこなすため、担当マネージャーの一塚《いちづか》は先に現地入りし、舞台の打ち合わせを行っているので、なにか起きても対処がしづらい事情もある。

スマホを取りだし、履歴トップの通話記録を呼びだす。数コールもなく、通話はつながった。『灰汁島です』と、やわらかい恋人の声がする。

「先生、お疲れさま」

『さっきぶり、お疲れ様です。……あれ、移動中？　今日は自分の車じゃないの？』

秒で通話に応じた相手は、音声の悪さとエンジン音で状況を察したらしい。

「うん、今日はこれから大阪に移動だから」

『ああ、そっか。【セキレイ】新作公演だ』

RPGゲーム【寂寞のレイライン～古の守り手と蜜の乙女～】、通称『セキレイ』が原作の舞台、その略称を口にする灰汁島に、思わず笑みがこぼれた。

「ふふっ、そうそう。今回から第二幕の開始です。そのまえにテレビの収録もあるけど」

灰汁島はもともと二・五次元演劇にさほど興味のあるタイプではなかったのだが、瓜生とつきあいだしてから、こちらの出演する舞台はかなりチェックしてくれている。

恋人、そして尊敬する作家が、すこしでも自分を知ろうとしてくれる。こんなに嬉しいことはない。

『ゲームはやってないんだけど、コミカライズは読んだよ』

「あ、舞台はコミカライズのシナリオが原作だから、ちょうどいいかも」

オンラインゲーム『セキレイ』は、マップ内の移動制限がなく、その世界をユーザーが好きに駆けまわることのできる、オープンワールドゲームだ。プレイするキャラクター、自分の代理となるアバターも、多数のデザインパーツを組み合わせることで、自分好みの容姿に設定できる。

プレイヤーである主人公が冒険をしながら世界の謎を解き、敵と戦う——といったメインストーリーはあるものの、プレイヤーによってはうつくしいCG世界をひたすら走るだけだとか、サブクエストでゲーム内の物作りだけに専念するだとか、あるいは仲間だけのコミュニティで独自の遊びをはじめるだとか——とにかく遊び方の自由度が高い。

そのため、同じゲームをプレイしていても、ユーザーによって紡ぐ物語が違ってくるわけだが、メディアミックスとなると軸を絞らねば話にならない。

今回の舞台は、メインストーリーをアレンジした、人気のコミカライズを原作として脚本が練られたものだ。

一年前に第一幕の公演があり、ありがたいことに好評で、今回は続編の第二幕となる。第一幕に比べるとかなりの長編ストーリーであるため、前後編の構成。今年の秋から冬にかけて前編を、年をまたいで後編の公演を行う、二部構成になっている。

『二幕ならイサくんの出番多いですね』

「ソレイユの出番はこっからって感じですからね」

瓜生は物語の主役サイドで、名前はソレイユ。ＮＰＣ《ノンプレイヤーキャラクター》、つまりユーザーの動かすキャラクターではなく、物語世界にもともと配置された、役割のある固定キャラだ。長身美形の、虎系獣人族という設定で、舞台では虎縞《とらじま》のついたミミと尻尾《しっぽ》をつけ、顔にも縞柄のペイントのある狩人スタイルで演じる。もちろんカラコンは縦長の瞳孔。

『なんか今回、まえよりも人気がすごいみたいだね。ツイッターのトレンドに【セキレイ】と【チケット当落】がはいってて、阿鼻叫喚《あびきょうかん》だった』

「それは……」

感心したように言う灰汁島に、瓜生は一瞬だけ言葉に詰まる。胸のつかえを意識しないようにしながら、できるだけさりげない声で答えた。

「あれですよ。今回は水地《みずち》さんも出るんで、二・五次元系だけじゃなくて、芝居好きのお歴にも注目されてるから……」

『あ、ぼくあの役者さんけっこう好きです。渋くてかっこいいですよね』

「……ですね。芝居もほんと、すごいです」

十代のころ、人気のJポップグループのリーダーだった水地春久《はるひさ》は、グループ解散後に小劇場系役者に転向。もともと評価されていた歌唱力を生かして、ミュージカルにも出演するなど、幅広い活躍をしている。

それこそ、芸能界には詳しくない灰汁島が「けっこう好き」と言うくらいには、名実ともに高い評価を受けている俳優だ。

演技派俳優としてキャリアを積んだ彼の主戦場はテレビドラマや映画、それも社会派ミステリなど、重厚な作品が多い。舞台でも著名な演出家の手がける文学作品や、人気の有名劇団に客演として出演するのがほとんど。

その水地がいま、二・五次元に出るというのはかなり話題になっていた。しかも役柄は、主人公と対峙《たいじ》する、とある国の王。原作ゲームのメインストーリー上でのラスボスにあたるキャラだ。美麗な衣装とメイクは、彼の新しい魅力を引きだしたと古くからのファンにも驚きつつ受けいれられている。

「いや、ほんっと、頑張らないと！　今回の舞台だと、おれの役どころ、わりと絡むんで。勉強になるっていうか、胸、借りるつもりで――」

『……イサくん？』

実力派の先達と共演できるありがたさはむろんある。同時に、不安も。だがそれを悟られたくはなく、一瞬だけ落ちそうになった声のトーンを瓜生は引きあげた。そのつもりだった。けれど、鈍いようでいて鋭い灰汁島は、気づいてしまう。

『もしかして、舞台、わりと、大変？』

静かな声で問われて、かなわないなあ、と思う。このひとにだけは弱音を吐きたくないと思いながら、同時に、彼にだけはわかってほしいとも、思う。

「……正直、ちょっとプレッシャー感じてますね」

じつのところ稽古がはじまって以来、水地のすごさに、瓜生は打ちのめされ続けていた。稽古場で見せられた、水地の芝居の深さ、歌声のレベルの違いに、なるほどこれがベテランの底力か、と思わされることは多かった。

物語のなかでは主役たちと敵対する役柄だが、舞台裏では遺憾なく、ベテランらしい落ち着きと包容力を発揮し、若手の至らないところを補ってくれている。

場合によれば演技指導を受けることすらあり、ありがたいと同時に、まだまだ未熟な自分を思い知る。

「いままでやってきたことが、……やってきた『つもり』だったんだなって、あのひと見てると思い知らされます」

『そ、そんなに』

ぽつりと漏らした弱音に、灰汁島が驚いた声をだした。

『でもいままでだって、ベテランのひとと共演とかしてたよね。テレビとか』

「テレビはぶっちゃけ、カットで割られてるし、リテイクできるんで……いや、失敗はどっちもだめなんだけど、なんていうのかな」

『ああ、緊張感が違うのかな』

「そうかも、です」

　むろん、NGをだすのは褒められたことではないが、それでも「やり直し」が可能であるのは事実だ。また身も蓋もないことを言えば、最終的には編集されたものが世に出るため、たとえ芝居がへたでも画面の演出、切り貼りでどうにかなる部分もある。子役時代から業界にいる瓜生は、実際自分のへたくそな演技を、監督や演出スタッフたちに『どうにか』してもらってきた経験があった。慢心でも油断でもなく、事実としてリカバリ方法を知っていた。

　けれど——板の上は、それがない。書き割りの背景とライト、音楽の演出くらいはつくけれど、まずいカットを割ってつなぐことはできない。幕が上がれば一発勝負、失敗しても取り消し《アンドゥ》のコマンドはないのだ。

　映像と舞台、どちらが上とかでは、むろんない。違うだけだ。

　けれど、生の舞台の緊張感というのは、どうにも独特で、つよい。

　それこそが魅力で、楽しいと思えていたのだけれど——。

「なんだろ、すごい……すごいんですよね、水地さん。現場入りしたら一発で、演出の意図してるところ、やれちゃうんですよね。おれは……今回の役ムズくて何度もやり直して、場合によると口伝えで台詞のトーンつけてもらうこともある。めちゃくちゃ、それが悔しくて」

シリーズに出るのは水地ははじめて、瓜生はシリーズの前作で、出番は少ないながら稽古期間を含めて半年は関わっていた。なのに世界観も役柄も、摑んでいるのは水地のほうだ。

「おれは今回、ほかの仕事もあって、稽古にはいるのもギリで、時間も、なくて。……焦ります」

『……そっか』

しみじみとした相づちを打たれ、瓜生は我に返った。

（え、なに？　おれ先生に愚痴言った？）

過密スケジュールに、すこしばかり疲れが出ている自覚はあった。しかしそれにしても、いったいなにを言っているのか。

（つか、そうだ、タクシーのなか）

はたと目を開けて前方を見れば、防犯シールドの向こう、運転手はラジオの音量を大きめにしていた。会話を聞かないようにしているのだと気づき、ほっとする。

「すみません、なんか、変な話……」

疲れているというなら、忙しいなか収録に時間を割いた灰汁島もだ。失礼なことをしてしまった、と肩を落とす瓜生の耳に、『大丈夫だよ』とやさしい声がかけられた。

『イサくんなら、大丈夫。できるよ』

「せんせ……？」

『ていうか、相手の力量がわかるのも、本人にちからがないと無理な話だから。すごい、って感じて、でも悔しいなら、きっと大丈夫』

繰り返された励ましの言葉に、胸が熱くなった。そうして欲しいひとに、やさしくされて、労《いたわ》られて、励まされた。

震えがくるほど、嬉しい。

『頑張ってるからね。かっこいいとこ、見せてください』

現金なことにヘタレかけた心が、恋人の励ましで一瞬にして蘇《よみがえ》る。たぶん、ゲームのように瓜生の残存ゲージが可視化されたら、体力《HP》も気力《MP》も一瞬でマックスだ。

「……っ頑張ります！　先生にいいとこ見せたい！」

『あはは、イサくんはそうでないと』

拳を握って告げると、灰汁島が楽しそうに笑った。通話アプリを通して聞こえるのは、デジタル変換された疑似音声。けれど耳元に響くあまさは、瓜生の胸を痺《しび》れさせた。

『そうだ、今回の舞台も配信とか、ライビュとかある？　予約しないと』

「あー、配信は前編後編、どっちも千穐楽《せんしゅうらく》だけなんです。あれなら、東京公演のチケット、まわせますよ？　関係者席」

『いや、それはちょっと申し訳ないから……』

灰汁島は瓜生の仕事をチェックしてくれてはいるし、観《み》るのも楽しんでくれている。だが直に舞台を観にくるのは、心理的にもスケジュール的にもハードルが高いらしく、もっぱら動画配信を利用してくれている。

――女の子ばっかりのところに交じるの、さすがにきついです。

シャイで繊細な――本人曰《いわ》くビビリで自意識過剰な――灰汁島は、基本的に人前にでるのが本当に苦手らしい。注目を集める場、というだけでなく、ひとが大勢いる場所がだめなのだそうだ。

しかし今回の公演にこられない理由は、そればかりでもないという。

『そもそも前編って年内だよね。そのころたぶん、ぼく……』

「あっ、年末進行！」

そうです、と今度は灰汁島がくたびれた声になった。年末に限らず、ゴールデンウイーク進行、お盆進行、シルバーウイーク進行というものもあるそうで、要するに印刷所など、出版に関連する会社の皆様が長期休暇にはいるため、通常より〆切《しめきり》が早まったり、立てこんだりする状態になる。

そして『セキレイ』東京公演千穐楽はばっちり十二月の中旬。灰汁島がもっとも忙しい時期だ。

「じゃあ、しょうがないですね。お仕事頑張ってほしいし」

『ごめんね、配信で応援してるから。円盤《DVD》も出たら買うから』

灰汁島の言葉にあわてて「え、そんなのあげる――」と言いかければ、柔和なようで頑固な恋人はきっぱり『買います』と重ねてきた。

『大体、推しは推したい、課金したいっていつも言うのはイサくんでしょう。なのに新刊、あげるって言うのに買うでしょ』

「そ、そうだけど、でもおれはファンだから」

『ぼくだってファンです。推しに課金したいです』

「あ、はは、……ありがとうございます」

一瞬で瓜生の頭が煮えあがった。電話でよかった、たぶん灰汁島は気づいていない。顔が真っ赤だし、変な汗も出てきそうだ。

(推しに推しって言われるとか、なにこれどういう世界線)

自分がどれだけ灰汁島セイという作家を尊敬しているか、そして彼自身を大好きなのか、まだまだわかってもらえていないなと思う。同時に、恋人にまでなっているのに、いつまで経っても瓜生は『ファン』でいるのだな、とも思う。

むしろ、知れば知るほど愛おしいから灰汁島は困る。困るが、嬉しい。

手で火照った顔をあおぎながら、瓜生はうろたえをごまかすように咳払《せきばら》いをし、言った。

「んんっ……えと……しばらく、会えてないですね」

『うん。でも今日は一緒に仕事できてよかったよ』

「リモートだけど？」

『はは、うん。ぼくとしてはすごい気が楽だったけど……』

ぽつりと、『でも顔見られなくて残念かな』と、あまい声が言う。せっかくやっと引きかけていた汗が、どばっと出た。顔中が赤らんでいて、もはや痛い。

「っだからぁ……先生そういうこと言わないの！」

『ご、ごめん？』

瓜生は思わず顔を覆って身もだえる。声が大きかったのか、タクシーの運転手が一瞬びくっとして、ミラー越しに怪訝《けげん》そうな顔をしたのがわかった。挙動不審で通報されても困ると、瓜生はふたたび「んっ」と咳払いをして立て直す。

「っと、とにかく戻ったら連絡するんで、スケジュール教えてくださいね」

『うん、わかった。……気をつけていってきて』

早く帰ってきてね、と、瓜生のかわいいひとがかわいいことを言う。

本日も、推しで神で恋人が尊くて愛しい。ありがとうございます。瓜生は無意識にスマホを両手に捧《ささ》げ、拝んだ。

『イサくん？　電波悪い？』

「は、いえ、なんでも！　と、とにかく時間みて、また連絡しますね」

『うん、待ってるね。……いってらっしゃい。がんばって』

「はい。……いってきます。じゃあ」

照れたようにほころぶ顔が見える、ささやき声。震える指をこらえて、できるだけそうっと通話をオフにする。

もはや無駄とは思いつつもタクシー運転手の目を憚《はばか》り、顔だけはきりりと取り繕う。

もしここが自宅であったなら、思いの丈を叫んでいただろう。

（つもぉおおお……！　すき！）

本当は両手を組んで天を仰ぎたい。長年の推しが彼氏になってかっこよくてかわいくてやさしくてつらい。

めちゃくちゃ落ちこむこともあるけれど、足りない自分ばかりと泣きたい気分にもなるけれど――あの灰汁島が、『がんばって』と言ったのだから。

（仕事！　頑張ろう！）

結局はすまし顔でいられず、無言でガッツポーズをとる。

そんな瓜生をバックミラーでこわごわ見た運転手は、うろんげに首をかしげていた。

＊　＊　＊

品川駅から新幹線に乗ること数時間。

無事に大阪へと到着した瓜生は、マネージャーに指示されたとおり駅近ホテルのチェックインをすませ宿泊荷物をあずけると、速攻で収録現場である、地方局の撮影スタジオへ向かった。これも申し訳ないが、タクシーを利用だ。

最近はネット配信も行われている地方ケーブル系チャンネルの深夜枠、バラエティ情報番組。何度か同じ番組に出ていることもあり、数時間で終了する目処《めど》も立っている。そのためすでに現地入りしている一塚《マネージャー》の随伴もいらないだろうと、ひとりで赴くことになっている。

【現地到着しました。いまからスタジオです】

移動中、一塚宛に報告メッセージを送ると、ややあって返信。

【こちらも打ち合わせは終了です。今後の予定について事務所への打診もあったため、あわせて詰めてきます！　報告はのちほど！】

どうやら次の仕事の話もきているらしい。事務所へ、とあるので、もしかすると瓜生に関してではないかもしれない。そもそも一塚はべつに瓜生専任ではないし、飲みや食事などの接待営業もマネージャーの大事な仕事だ。

【了解です。明日は朝食ミーティングしましょう。遅刻厳禁で！】

同じホテルに泊まっている一塚に、飲みすぎて遅刻しないよう釘を刺す。ちなみに瓜生はこの仕事に本腰をいれて以来、天候不良で交通事情が悪いなど、突発的トラブル以外での遅刻は、一度もしたことがない。

五分前行動などと言うが、とても大事だ。なにかしらのハプニングが起きた際、その五分で助かることはままある。

「瓜生です、よろしくお願いしまーす」

関係者入り口で、その場にいた警備員や受付スタッフに挨拶《あいさつ》をする。入場チェックを受けたのちスタジオへとはいれば、あちらこちらから「おはようございます」の声がかかった。

（まだこれ言うんだなあ）

時間は夜にはいっていても、どんな時間帯であっても、なぜかテレビ業界は「おはようございます」と挨拶する。理由は諸説あるらしいが、かつてのテレビ業界は言葉通り昼も夜もなく稼働し続けていたため、というのが有力らしい。いずれにせよ謎な慣例だなと瓜生自身は思っていて、場の空気的に言わざるを得ない限りはあまり口にしないようにしている。

時代は移り、夜半から深夜になる収録は、昨今の労働事情からあまり歓迎されることではなく、局によっては禁止しているところもあるという。

しかし、多忙なスケジュールを抱えるタレントたちを集めるには、昼間より夜のほうがやはり時間は空いている。瓜生たちのように舞台に立つことの多い役者はなおのこと、公演やリハーサルなどの時間以外にねじこまれることも多い。

(明日は朝から取材あるし、早めに終わるといいな……)

控え室兼更衣室で、瓜生は撮影用の服に着替える。数分間のコーナーのために衣装を貸してもらえることはなく、手持ちの私服だ。一応事前に、事務所のチェックを受けている。

――瓜生くんはセンスいいし、ちゃんと『わかってる』から問題ないわね。

事務所契約のスタイリストさんは、そう言って苦笑した。瓜生もまた言わんとするところを察してあいまいに笑う。役者や芸能人といっても、ファッションセンスに優れた人物ばかりではなく、タレントイメージをぶち壊す私服センスの持ち主もいる。

それがキャラになってしまうレベルならいいけれど、一番まずいのが薄ぼんやりと『コレジャナイ』感を出すパターンだ。

(先生くらい、はっきりキャラ立ってると、ジャージもありありだけどな)

長身で手足の長い灰汁島は、着飾らせるとかなり見栄えがする。けれど自宅で仕事をしているときの、もさもさの髪や猫背のジャージ姿も、瓜生にとっては愛しくてかわいくてたまらないのだ。

「瓜生さんっ、着替えオッケーですか?」

「あっ、いまおわりました！」

ドアをノックされ、鏡で髪と服のチェックをした瓜生は呼び声のほうに向かった。通路に出ると、「第四スタジオです！　お願いします！」と言い残し、呼びにきたAD《アシスタントディレクター》らしきスタッフは走って行く。もう何度も訪れている場所とはいえ、ろくに案内もないのはめずらしい。

「……なんか、慌ただしいな？」

後ろ姿だけを見送り、ひとまず瓜生は言われた場所へと向かう。ロッカーは一応あるけれど、スマホや財布などの貴重品は自己責任のため、ボディバッグにしまう。

（収録は椅子に座っているから、腰にでも巻いてジャケットでごまかせば、いけるか）

マネージャーがいないとこういうとき困るな、とわずかにため息をつく。

世間のイメージでは、役者や芸能人というものにはひとりひとりにマネージャーがついていると思われているが、そこまでの扱いを受けるのは業界でもひとにぎりだ。

一塚は瓜生の担当マネージャーで、名称のとおり各種のマネジメント業務や事務関連の作業をこなしてくれるけれど、複数のタレントを抱えていて、ひどく多忙だ。

移動の際、新幹線のチケットやホテルの手配はしてくれるけれど、随伴はあまりしない。初仕事の顔合わせや売りこみ営業など、契約に絡む話がある際などにはついてきてくれるが、ルーチン的な仕事については、基本ひとりで動くことが多かった。

（ま、見張られてガチガチに行動制限されるよりはいいけど）

問題行動の多いタレントの場合は監視役も兼ねるそうだから、自由行動ができるのは、瓜生が信頼されている証《あかし》だということでもある。

この日の収録は、番組内の【次にくるのはコノヒト！】というシリーズコーナー。日替わりで番組がピックアップした若手俳優や芸人、タレントや著名人などを対象に、レギュラーのアナウンサーがインタビュー。数分紹介するものだ。

一クールごとにコーナー内コンセプトがあるのだが、今回は『二・五次元系の人気俳優』というくくりになっていて、同じ系統の舞台で活躍する顔ぶれを次々紹介してくれている。

テレビ用とネット用で編集を変えるらしく、テレビサイズはせいぜい三分といったところだが、ネット用はほぼノーカットのインタビューが流されるため、気を抜けない。

一応、事前にインタビュー内容の抜粋はもらっていて、質疑はシナリオに仕立てられている。よほどのことがない限りは問題のない収録だったが——。

（もしかして、なんかあったかな）

さきほどのバタバタした気配に、いやな予感を覚えていれば、現場のスタジオに顔を出したとたん、顔見知りのディレクター、弐塀《にへい》にいきなり頭をさげられた。

「ごめん、前の収録がちょっと押してて、まだ瓜生くんの用意できてなくて！」

「あらら、そうなんですか」

早めに終わりたい、という希望はこの時点で無理になったようだ。仕事上、時間的ハプニングはよくあることだし、しかたないと笑って流そうとした瓜生は、しかし、弐塀の横にいた、さきほど自分を呼びにきた番組スタッフの言葉に、ぴくりとなる。

「五十公野くん、緊張してたのかなあ。NG多くて——」

「……NG」

横にいた、さきほど瓜生を呼びにきたAD——スタッフパスには『市村《しむら》』とある——が、鼻で笑った。

「あれNGってレベルじゃないですよね。テレビ久々だから段取り忘れてるのか、予定と違うこと言いまくるし、発言もきわどいから撮り直しが続いちゃって……」

「こら、よけいなこと言わなくていいっ」

思わず愚痴がこぼれた、といった体の彼を、弐塀が叱る。うかつな発言ではあったが、それ以上に瓜生は対象の名前に苦笑いをするしかなかった。

「……あー、五十公野さんなんですね」

微妙な反応をした瓜生に、「知りあい……?」と相手も声をひそめる。

「一応、高校の先輩でして」

「えっ、すみません！」

知人の悪口に気分を害したと思ったのだろう。市村は顔を引きつらせて頭をさげ、「なんか、ごめんね」と弐塀が手をあわせてくる。瓜生は慌てて手を振ってみせた。

「いえ、ほんとに高校出てからほとんどつきあいないひとですし」

微妙な顔で声をちいさくする瓜生に、相手はほっと息をつき、さらに周囲を見まわした。そしてあたりに人気《ひとけ》がないのを確認すると、耳打ちするようにひそひそと言う。

「……ここだけの話だけど、あの彼とはそのまま疎遠にして、つきあわない方がいいよ。わりとガチめに、半グレとかとつるんでヤバいって話、聞くから」

「そう……ですか」

瓜生は、その噂《うわさ》について、知っているとも知らないとも言えなかった。微妙な表情で笑うだけにとどめるしかなく、それをどう思ったのか、話を続けてくる。

「うちも今回、ちょっと上からねじこまれたけど……話題性だけだったら、今回の特集にはいるバリューじゃあなかったんだけどね」

「そうなんですか？」

「正直、ただ言葉がきついだけじゃなくて、豹変《ひょうへん》ぶりがやばいよ。ニコニコしてたと思えば、スタッフとかインタビュアーがちょっと彼の気のさわること言うと、とたんに凄《すご》んでくるっていうか、ひどい態度で……暴力振るわれるんじゃってアシちゃんのひとりが怯《おび》えて、収録遅れたんだよ」

「え……」

さすがにぎょっとした瓜生は、とっさに自分を呼びにきた彼を見る。ゆるくかぶりを振り、自分ではないと言外に告げた市村に「あなたも、大丈夫ですか」とそっと声をかける。

「お、おれ？　あ、やばかったのはおれじゃなくて」

ちらりとスタジオの端をみやる。おそらく、五十公野の『被害』にあった相手がそちらにいるのだろう。弐塀がちゃんづけしたのを見るに、女性だったのかもしれない。

（五十公野さんだからな）

にこやか系クズ、と業界内で呼ばれていることを知ったとき、瓜生は納得しかなかった。顔だちが柔和な色白のイケメンで、一見は穏やかなタイプに見えるのだが、彼の傍若無人さは――彼にとって有益な人間以外、と但し書きがつくが――老若男女問わずだ。

それこそ「男女平等だろ」などと言いながら、平気で女の子にも殴りかかるふりをした場面を見たことがある。学生ゆえのおふざけとはいえ、タチが悪すぎてうんざりしたことを思いだし、瓜生はかぶりを振った。

「市村さん、顔色悪いですよ。……あ、そうだ」

よかったら、と瓜生は常に持ち歩いているのど飴《あめ》をいくつか差しだした。

「あまいの食べるとちょっと元気出るでしょ？　その……同僚さんにもどうぞです」

「い、いいんですか」

「これのど飴だけど、美味《おい》しいんですよ。ファンの子に差しいれでもらってから、自分でも通販してる。おすすめ！」

驚いたスタッフは、にっこり笑う瓜生とのど飴に何度も視線を往復させたのち、おろおろと弐塀を見やる。弐塀はあまりのうろたえぶりに苦笑した。

「ありがたくもらっとけ。あいつにもやれよ」

「は、はいっ。あの、瓜生さん、ありがとうございましたっ」

肩を叩《たた》かれ、ぺこぺこと頭をさげた彼は、さきほど視線を向けたほうへと小走りに向かった。その背中をなんとなく見ていると「助かったよ、ありがとう」と弐塀が疲れた声をだす。

「あいつ、殴られかかった子を庇《かば》って、突き飛ばされたんだ」

「えっ……」

では実際の被害者は彼なのでは。目を瞠《みは》った瓜生に、これ以上は言えないとかぶりを振って、弐塀は明るく声を切り替えた。

「ま、そういうわけで、もうすこし待っててもらっていいかな。前室に、お茶とかあるし」

「……わかりました」

瓜生のような若手に対して、長丁場の収録でもない場合、個別の控え室などは用意されていないことはよくある話だ。出演前の待機スペースである前室にいるよう言われて、素直にうなずく。

「ごめんな。じゃ、よろしくね！」

壮年の弐塀は、瓜生の父と同じくらいの年齢だ。いかにも『業界のひと』という感じでノリは軽いが、子役時代からなにかと縁があり、信頼している。

その彼があぁも苦い声を出すのはめずらしく、事態は決して軽くないことがうかがえた。

（無事にすむといいけど）

とにかく、いまの瓜生にできることはなにもない。

がらんとした前室に足を踏みいれる。夜半の収録であるためか、室内に瓜生以外の姿はなく、会議机のようなテーブルとパイプ椅子に、お茶セットとお菓子があった。

すでに誰かが使ったあとで、なんとなく手をつける気にならず、移動中に駅の自販機で買っておいた水のペットボトルをバッグから取りだす。

適当な椅子に座ると、まだ仕事前だというのにどっと疲労感が襲ってくるのを感じた。ぬるい水を喉に流しこみ、大きく息をつく。

「……顔、あわせないですまないよな……」

ぼそりとつぶやいた声が自分でもひどく低くて、うんざりした。久々に聞いた名前に、瓜生は自分でも内心驚くほどにテンションがさがっているのを感じている。

五十公野亮《あきら》。十代まで超大手芸能事務所の若手アイドルグループに所属していた彼は、学生時代は高嶺《たかね》の花とも言うべき存在で、同級生ですら声をかけるのも恐れ多い、といった大人気の人物だった。

しかしその後、同事務所所属のタレントが不祥事を起こした。それも違法薬物の所持、どころか販売にも関わっていたという。事務所や所属タレントの自宅も家宅捜索を受け、関連したと見られる複数人が刑事罰を受けることになった、重い事件だった。

五十公野の所属グループからも逮捕者が出たため、グループは解散になった。

当時、五十公野自身は事件とは関係がないと言われ、とばっちりの解散だと、はじめは同情を集めていた。しかし外聞の悪い事件だけに仕事は干されがち、苛立《いらだ》った五十公野は、元からの粗暴な性格で八つ当たりをするようになり、さらに評判は下落。事務所からも再三注意を受けたがあらたまらず、決裂する形で退所。

いまもタレント業を続けているようだが、瓜生は所属事務所などの詳細をよく知らない。

ただ、芸事よりも、違う意味で有名になっているのはたしかだ。

(それにしても、もうだいぶ、噂がまわってるんだな)

弐塀が耳打ちしてきた話は、瓜生もすでに知っていた。

五十公野は近年、六本木あたりにたむろするセレブグループの太鼓持ちに熱心で、半グレ系ともつるんで女の子を食い物にしているという噂がある。地方局のディレクターである弐塀まで話がまわっているとなれば、ほぼ業界中に認知されているということだ。

あだ名がつくレベルで、タチの悪さは知れ渡っているし、こうしてすぐにトラブルを起こす。近年では仕事もぱっとせず、そのまま消えていくのでは——と言われていたのに。

「……なんでこっちにくるかなあ」

五十公野は事務所を去ってからテレビの仕事が激減し、舞台仕事やファンクラブイベントの活動などをメインにしているとは聞いていた。

だが、まさかいまさら、二・五次元にまで手を伸ばしてくるとは思わなかった。

（あのころ、あんだけばかにしてたのに……）

――んだよおまえ、オタク仕事やるまで堕《お》ちたのか？

忘れもしない高校時代、灰汁島の本で目覚め、声優仕事や二・五次元系のオファーやオーディションを片っ端から受けはじめた瓜生を、せせら笑ったのが五十公野だ。

五十公野が一念発起して、どんな仕事でもやると決めたのならば、素晴らしいことだと思う。だが、さきほど小耳にした彼の様子から、けっしてそうではないことが知れる。仕事を選ぶ余裕すらなくなっているということだろうか。それはそれで恐ろしい。

（よくないな）

ふと、思いに耽《ふけ》っている自分に気づいて瓜生は軽く頬《ほお》をはたく。これからインタビューを受けなければいけない。しかも顔出しの状態で、テンションの悪い表情など見せられない。

「なんか、アガるやつ読もう」

深く深呼吸したのち、タブレットを取りだす。開くのは電子書籍のアプリ。カスタマイズ可能なお気に入りの本棚はむろん、灰汁島の著書がずらりと並んでいる。

アニメ化のおかげで関連書籍の増えた【ヴィヴリオ・マギアスとはぐれた龍の仔】は独立フォルダ。その他のシリーズものや単発ものでも整理してある。

もちろん、物理の本もすべて、読書用保管用、サイン本などにわけて保存済みだが、こうして旅のお供に連れ立つのは電子書籍が便利で助かる。書庫ごと持って歩けるからだ。テンションとモチベーションを高めるのに、おおいに役立っている。

ずらり並んだサムネイルに、うきうきと心が弾んだ。灰汁島の本はもう何度も何度も読んで、ほとんど全文記憶しているような状態だけれど、お気に入りの場面の字面を目で追うのは、それだけで充分以上に楽しいことだ。

「どれにしよかな……！」

いま最も関わりの深い『ヴィマ龍』か、それとも、灰汁島にモデルの喫茶店へ連れて行ってもらって以来、特にお気に入りの『海抜ゼロ』シリーズか。

楽しく悩みつつ、ここは目先をかえて最新のコミカライズと決める。アニメ化のおかげで掘り起こされたWEB発表の過去作を、灰汁島が大幅に改稿したのち漫画の原作に提供したものだ。めずらしく漫画のリリースが先行し、小説としての商業出版は書き下ろしを含めるため後日になるという。

——改稿もけっこう頑張ったし書き下ろしが半分以上だから、ほぼ新作かな。

ちょっと疲れた顔で、ようやくそちらも脱稿したと言っていた灰汁島を思いだせば、瓜生の顔はひとりでにほころびる。

（んふふ、単行本も楽しみ）

にっこりしながら目的のコミックスを開き、半分ほど読みすすめたところで、ようやく呼びだしの声がかかった。

「瓜生さん、お待たせしました！　お願いします！」

「……あっ、はあい！」

没入していた物語世界から戻ってくるまで、一瞬の間。すこし間延びした声で返事をしたあと、ちょっと残念に思いつつアプリを閉じ、瓜生は立ちあがる。

まだすこし物語の余韻で頭がふわふわだ。けれど、おかげでさきほどまでのくさくさした気分がすべて洗い流され、すっきりとした気分で笑顔を浮かべる。

「よろしくお願いします！」

セットの組まれたスタジオにはいり、瓜生はほがらかに挨拶をした。

＊　＊　＊

スタジオセットに座る瓜生からの正面、カメラの向こうにいたディレクターが大きくうなずき、「そろそろシメて」の合図を出す。視聴者には気づかれない程度にうなずいたインタビュアーが、最後の挨拶を促してきた。

「……というわけで、本日は瓜生衣沙さんにお越しいただきました。明日からの舞台、頑張ってください」

「ありがとうございます。まだ当日券もあるようなので、お時間のある方はぜひこちらをチェックで！」

放送時には告知関連のテロップやＱＲコードをいれると言われているので、画面下の詳細を指さすようにおどけてみる。くすくすと笑ったインタビュアーでもある地方局のアナウンサーが「ではまた来週、次回のゲストは」と予告内容を読みあげ、挨拶をして終了。

「――はい、こちらいただきました。お疲れさまでした！」

撮影開始や終了の合図となるカメラの赤い光、タリーランプが消えるのを確認。同時に収録終わりの声がかかり、瓜生はほっと息をつく。

「お疲れさまでした、ありがとうございました」

「こちらこそ、スムーズにお答えくださって助かりました」

インタビュアーに頭を下げると、あちらもほがらかに応じてくれる。

（まずまずだったかな）

生放送ほどタイトではないにせよ、収録スタジオの使用時間は決まっている。ことに、事前のインタビュー収録がかなり押してしまったため、瓜生のとれる時間は予定よりタイトなものになっていた。

しかし、もともと用意されていた質疑応答を瓜生がすべて頭にいれていたため、終わってみれば予定時間にわずか数分の余裕すらあった。その間、トラブルもミスもなく進行通り。おかげで周囲のスタッフの表情も明るく、いい仕事になったようだと思うと瓜生も嬉しい。

「瓜生さん、こんな時間になりましたけど、明日大丈夫です？」

眉をさげて、さきほどまでインタビュアーをしてくれていた地方局のアナウンサー、千埜《ちの》亜矢《あや》が心配そうに見てくる。時計を見ればもう日付が変わりそうな時刻になっていた。

「予定どおりで終わりましたし、大丈夫ですよ」

申し訳なさそうにしてくる千埜に「もともと、あとは寝るだけですから」と告げるが、彼女はますます眉を寄せる。

「でも午前中から取材なんでしょう。若いって言っても、無理はだめですよ」

さきほどまでのインタビューで、都内の録音スタジオで声優仕事を終えてからこちらに移動した、という話をした際に、千埜が「働きすぎでは⁉」などと驚いていたけれど、この業界、多忙を極めるひとはこんなものではないと知っている。

「やれるだけのことを、やれるうちにやりたいなって。まだまだ、元気ですから」

「ああ〜……若いってうらやましい……」

気負わずそう答えた瓜生に、千埜も感心と苦笑が混じった顔で笑い、うなずいてくれた。

「でも、無理は禁物ですよ。身体、大事に」

「わかりました、ありがとうございます！　それじゃあ、失礼しますね」

「舞台頑張ってくださいね」

「はい。……じゃあ、皆さん、失礼します！」

周囲にひととおりの挨拶をしたのち、瓜生は着替えのために更衣室へと向かった。すれ違いざま、スタッフやタレントとも笑顔で会釈、挨拶を交わす。なかには、さきほどのど飴をあげたADの彼もいて、ちょっと照れたように頭を下げてくる。

隣にいた女性スタッフになにかをささやき、彼女も慌てたようにぺこぺこしていた。軽く手を振って、そのまま言葉は交わさずにとおりすぎる。

更衣室に戻り、ロッカーからさきほど着替えた荷物のはいったバッグをとりだした。もうあとはホテルに戻るだけなので、そのままボディバッグの中身と荷物を軽く整理し、気づく。

「あ……一塚さんに終了の報告、いれないと」

ともあれ、問題なく一仕事を終えてほっとした瓜生は、スマホのメッセージに収録終了の報告を送る。数秒もしないうちに【了解でした、お疲れ様】の返事がとどいた。

あとは戻って、それこそ明日の仕事に向けて休まなければ。

（さすがに疲れた）

全体に疲れがまわったせいで、熱っぽくすら感じる身体をむち打つように外に向かうが、駐車場脇を通ったところではたと気づいた。

もう深夜で、バスも電車もない。待機しているようなタクシーも見えず、疲れが倍増した。

「う、タクシー呼ぼうかな……」

インストール済みのタクシーアプリはここでも使えるだろうか。スマホをいじりながら、瓜生は、外気の冷たさに震えた。季節はもう秋の終わり、夜半は冷え込む。

そういえば、一年前のいまごろに灰汁島と親しくなりはじめたのだったな、と思いだす。

さらに振り返ると、彼が失踪騒ぎを起こし、行きつけの『うみねこ亭』によく似た喫茶店で、ジャージ姿でうずくまっていたのもこの季節。

そして、灰汁島の本と出会い、瓜生が進路を大幅に変えたのもやはり、同じように空気が冴《さ》えた日だったと記憶している。

（なにかしら、秋には起きるな……）

いままでは結果として、いいことも多かった。今後はどうだろうか。ぼんやりと思いつつ、現実という名の冷たい風に冷えた身体が、次第に痛みすら感じはじめてくる。

吹きさらしの駐車場脇で待つにはつらい。いっそ歩いたほうがあたたかいかもしれない。

タクシーは道で拾うか。

（いや、そんな都合よく空車が通るかわからんな？）

思案する間に呼んだほうがいいだろうか。逡巡《しゅんじゅん》し、ひとりうなるばかりの瓜生の背後から、思いも寄らない声がかかった。

「あれ、瓜生じゃん？」

覚えのある声に、一瞬で身体がこわばった。

（しまった。帰ってなかったのか）

内心舌打ちするが、そうとは悟られたくはなく、瓜生はできるだけ自然に見えるよう、驚いた表情を作って、振り返る。

そこには、覚えのある男——五十公野亮が立っていた。

「……って、先輩？　びっくりした～！　おひさしぶりです！」

「めっちゃひさしぶりだな。こっちも驚いた」

いかにも偶然見かけたふうに言っているけれど、お互いそれが白々しいとわかっている。

おそらくは待ち伏せだ。そもそも五十公野のトラブルから開始が遅れた瓜生のインタビュー収録。確認や打ち合わせも含めれば、彼の出番終了から軽く三時間以上経過している。その後の仕事や用事でもない限り、ふつうは去るだろう。つまりは狙《ねら》って、絡んできた。なにが目的だと身がまえつつ、久々に見た五十公野の顔に、瓜生はどうしようもない違和感を覚えた。

（雰囲気が、すさんでる）

造作は整っているが、以前の記憶よりも口が歪《ゆが》んでいる。顔の片方だけをつりあげる皮肉めいた笑い顔は、ひどくいびつだ。

そして違和感を覚えるのは、もうひとつ。現在の五十公野は、仕事も減り、いささか落ち目であるはずなのに、やたらと高級そうな時計やアクセを身につけている。

（家が金持ち、とかならわかるけど……）

高校時代の記憶を掘り起こしても、太い実家というわけではなく、どちらかといえば生活もすこし厳しい状態だったはずだ。

――半グレとかとつるんでヤバいって話、聞くから。

ディレクターのあれは、軽薄な悪口というよりもかなり真剣な忠告だったように思う。きな臭い噂は本当なのだろうか。わずかに警戒しながら、瓜生は表情を穏やかにみせる。

「さっき収録終わったけど、同じ枠のインタビューだったみたいですね。おれは明日からもこっちで舞台なんですけど――」

角が立たないよう穏やかに、仕事だから早く帰らねばと、そう告げるつもりだった。けれど、瓜生の目のまえにいる男からは、神経を逆なでるような言葉がいきなり降ってきた。

「舞台ね。……瓜生さ、最近オタク仕事増えてるよなあ。どしたの？」

「……え？」

「一時期はゴールデンのバラエティとかドラマにも出てたのに、まーたアニメとか、オタク芝居とかばっかやって、大変そうだなあって」

さらっとさわやかな笑顔で、毒をたっぷり塗りつけてくる。嘲《あざけ》りを含んだ声と見下すような目線、まるっきり害意が隠せていない。

（あてこすり、下手すぎ）

あからさますぎて傷つくことすらない。そもそも五十公野は今回の特集で、『二・五次元系俳優枠』で呼ばれたのだ。自分自身がその『オタク仕事』に携わっている自覚がないのか——それとも、だからこそ不愉快で、誰かを傷つけたいのか。

どっちにしたところで器が知れる。内心では盛大に呆れつつ、瓜生はやはり、にこやかな笑顔を保ち続けた。

「あはは、なに言ってんですか。知ってるでしょ。おれオタクですよ？」

スキを見せてはいけない、つけこまれたら執拗《しつよう》に絡まれる。それだけは、実体験として知っている。

「好きでやってる仕事なんで、なんも大変じゃないですよ」

自分にできる最高の笑顔で、胸を張ってみせる。そうすると五十公野は悔しそうに歯がみしたあと、なんだかねっとりとしたふうに表情を変えた。

「むかしそんなんじゃなかったじゃん」

「ええー、ガキのころの話されても」

「楽しかったよなあ、つるんでさあ」

いきなり距離を詰めて、肩を抱かれた。ぞわっと鳥肌が立つけれど、振り払うことはできない。思わせぶりに腕を撫《な》でてくる手が気持ち悪くても、揉《も》めてはいけない。

（こいつは、逃げると追ってくる）

こんな男と、過去につきあっていた——といっても二、三度寝た程度だが——過去が本当に悔やまれる。その当時も、疎遠になるのにかなり苦労したのだ。それでも「オタク仕事」とばかにしていてくれたから、自然と縁は薄くなった。

だからこそ、十年も経っていまさら、やってくるなどと、まるで思っていなかったのに。

「漫画とかラノベ、まだ手放せないなんて、よっぽど疲れてるんだな……大丈夫？」

オタクへのディスがしつこい。さすがに聞き捨てならないと、瓜生は静かに言葉を返した。

「……ハハハ。先輩の方こそ、二・五次元とか声優の仕事も増えてるみたいじゃないですか。いいんですか？　そういうこと言って」

二・五次元系コンテンツは昨今、若手役者の登竜門的な存在になっている。むろんその道を通らずに行く場合もあるが、アニメ・ゲームまわりのメディアミックスによる経済効果と影響力は、もはや無視できるものではない。俳優としてのキャリアはまだまだこれからの若手にとって、避けて通るのがむずかしいくらいだ。

とはいえこれだけ乱立すると、質の悪い興行もないとは言えない。『二・五次元演目でさえあればいいだろう』と、シナリオの内容は改変され、タイトルだけ借りているような愛のない作品や、若手だらけで座組がしまらず、時間と予算のなさ、そしてあまい考えで芝居がグダグダになるような舞台も、正直なところ見聞きする。

そして情けないことに、五十公野はその、グダグダになるタイプだったようだ。

「マジでちょろい仕事だよね。ちょっとメイクしてかっこつけて、イイ声で台詞さえ言ってりゃ、人気出るし?」

「……」

わざわざ耳に吹きこむようにして『イイ声』とささやかれ、瓜生は無言で答えなかった。ぐっと握りしめる拳に青筋が立つ。ねっとりした声のおぞましさに震えそうだし、腹の中は煮えくり返る。けれど、声にはけっして出さない。言っても無駄だとわかっているからだ。

(そんなあまい世界なわけ、あるか!)

近年では著名な脚本家や演出家が舞台を手がけたり、歌舞伎や能といった古典芸能のお歴々までが漫画原作の演目をいくつも上演するなど、二・五次元舞台の芝居のグレードは天井知らずになっている。

むろんそんな、予算もネームバリューも豪華なトップ演目は一握りの作品だけれども、国内の劇場スケジュールの大半が二・五次元で埋まっていると言われる情勢において、そんなぬるいことを言っていられるほうがどうかしている。

じっさい瓜生は、五十公野の近年の仕事を知らない。以前はドラマの端役や劇団の客演などでたまに名前を見かけたけれど、今日、スタッフに名前を聞かされるまで記憶すら薄れていたほどだった。

瓜生自身が五十公野の活動にまったくアンテナを張っていなかったこともある。だが、それこそ疎い灰汁島が水地についていては知っていたように、活躍している人間の話はおのずと世間の耳目を集めるものだ。つまりは——そういうことなのだろう。

「ま、でもわかるよ。オイシイもんな、オタク仕事」

べったりと肩に置かれた腕を不快に思いつつ、しらけた気分でいた瓜生をよそに、五十公野の話は続いていた。

「ライブとか握手会でも、めっちゃ貢いでくるし。オタ女の寄越すもんとかヤベェって思ってたけど、案外モノは悪くないよな」

仕事をなめているだけでなく、みずからのファンすらあしざまに言う。むかしからその気はあったが、こうまで下劣だっただろうか。

「SNSで欲しいものリストとか出すと効率いいって知りあいに教えてもらったけど、マジだったわ。この間とか、二十万もするアクセ贈ってきてさあ、逆にびびったわ」

「欲しいものリストって、その……プレゼント、事務所とか通さないんですか」

ネットショップを通して直接プレゼントをもらうそのやりかたは、ユーチューバーやブロガーなどが自分のSNSに記載するなど、よくある話だ。だがあくまで『個人』がWEBで有名になったのではなく、当初から『仕事』として事務所に所属したりしているタレントの場合、そういう行動は控えるように言われていることもある。

理由は様々だが、ネットのようにファンとのやりとりが『直接』になってしまう場合、そこに金銭が絡むとなると「これだけしてやったんだから言うことを聞け」といった厄介な人物に絡まれかねないからだ。じっさい、欲しいもののリストを公開していた女性に高額プレゼントを贈りつけ、同時にメッセージで性的関係を結ぶよう強要するなどして、トラブルになった例もある。

便利で手っ取り早いものは、同時に落とし穴も大きい。この手の仕事をしている人間なら当然、目先のプレゼントよりトラブル回避を選ぶものだが、五十公野は違ったようだ。

「ん？　おれいまフリーなんだよね。おかげで総取りだよ」

「……なるほど」

下卑た笑いをする最近の五十公野の『仕事』がどういうものなのかをうっすらと悟る。

インディーズミュージシャンや『メン地下』と呼ばれる男性地下アイドルグループなど、いわゆるメジャーシーンではないところで芸能活動をする場合、収入源はそのパフォーマンスをおさめたDVDやCDなどではなく、物販グッズによるところが大きいという。

むろん、正当に売ったものであればファン活動の一環だと思うが、問題はそれが異常な高額商品——それも、個人的なファンサービスつきのものがあることだ。

一緒に写真を撮るチェキなどならばまだいい。そこから個人情報を渡す『名刺売り』、さらにはデート商法などに発展する、ホストのイロコイもかくやという現実がある。

(仕事減ってるはずなのに、やたら派手な時計はそれか……)

なんとも言えない気分になり、瓜生はため息をどうにか押し殺した。

芸能活動をする以上、疑似恋愛的な感情を向けられることは多い。瓜生が二・五次元系の舞台が好きなのは、そこのライン引きを自分なりにつけられるから、というのもある。

彼ら・彼女らが愛する対象はあくまで【キャラクター】。そしてその媒介となる『依代《よりしろ》の役者・瓜生衣沙』であって、生身の、欠点だらけの【宇立勇という男】ではない。じっさい、舞台公演中は全通するほど熱心な客たちも、瓜生がそのコンテンツを離れれば、スッといなくなることが多い。

むろん、なかにはその後も役者として期待し、推してくれるひとたちもいるが、二・五次元の冠をはずせば、知名度もまだまだ。

それでもファンの好意はありがたい。一瞬だけの注目だったとしても、全力で『瓜生衣沙をやりとおす』のが仕事だと、そう思って仕事に打ちこんでいる。

けれど、目のまえの男は瓜生のそんなすべてをあざ笑うかのように言う。

「ここだけの話、ダブったらフリマアプリで売ればいい。いい金になるし」

さすがに瓜生はぎょっとする。どこの悪辣キャバ嬢のやり口だろうか。『ネットの闇まとめ』のような、フィクションを含む記事でよく見る手口だ。

「……ちょっと、そういうこと言うのは」

「だーいじょうぶだって、聞こえてねえよ」

たしなめても、まるで見当違いのことを言う。そういうことじゃないと、瓜生もさすがに顔が引きつりそうになる。

(そんなんだから仕事なくすんだろ……！)

どんな形であれ、ファンでいてくれることのありがたさをしらないのか。興味をなくされ、見向きもされなくなるあの恐怖を、役者をやっているくせにわからないのか。

(わかってないから、こうなんだろうな)

もはや諦念すらこみあげてきた瓜生に気づかず、ひどく陽気に五十公野は続ける。

「ま、食いもんにできるのはなにも、差しいればっかじゃねえけどさ。パーティーに呼んで、そのまま撮影会になったり——」

(おいおいおい待て待て待て)

さすがにこれは、洒落《しゃれ》にならない。露悪的すぎる言葉のさきを聞いてはいけない。遮るように瓜生は口を開いた。

「や、冗談きついですよ」

できるだけ自然なそぶりで苦笑しつつ、腕から逃げる。その際、警告するように手首を強く摑むと、五十公野が不愉快そうに顔を歪めた。

「場所も場所ですし、発言には気をつけないと」

「は？　なにそれ。おまえそんなビビリだっけ？」

「勘弁してくださいってぇ。……こんなとこでする話じゃないっすよ」

「えー、なにそれ、萎えるわ。だっせぇな、瓜生」

演技力を総動員して目を泳がせ、気まずいふりを装えば、言葉と裏腹ににやりと笑う。

あっさりと調子に乗る五十公野は、学生時代からちょい悪ぶるのが好きだった。ひとに不安がられたり怖がられたりすると、自分のほうが上に立ったと錯覚するらしい。

実際には、ただ敬遠されているだけなのに。

（そうやって勝手に調子づいてればいい）

いまはそれでやりすごすしかない。腹の中でどれだけ不愉快に思っても耐えろ、つけこまれるな。面倒を引き起こすな。

そう思って微笑み、じりじりと距離をとる瓜生に、爆弾が投げ込まれた。

「売るっていえば……あっ！　なんだっけあの……ラノベ作家？　あくしまとかって？　仲良しなんだろ？」

この世でもっとも大事にしている名前を口にされ、ほんの一瞬、視線が揺れた。

「……おかげさまで、主役をやらせていただきましたので」

不自然でもなんでもなく、ごくふつうの声が出たと思う。けれど、にんまり、と五十公野の顔が笑みに歪んだ。反応に気づかれた瓜生は、冷や汗が滲《にじ》んでくるのを感じながら笑顔を浮かべた。アニメ化に伴う対談で顔をあわせて以後、バラエティなどでも瓜生の『灰汁島愛』は散々語ってきた。この男がそれを見ていないわけもないし、しらっとしておけばすむ話だ。

あくまで仕事のつながりだ、おかげで売れたのだとでも押しだせば、プライドの高い五十公野は鼻白み、興味をなくすはず。

そう思ったのに――ざわつく内心をこらえて微笑む瓜生に、五十公野は「あれぇ」とわざとらしいほど間延びした声を発し、顔を近づけた。

「なぁんだよ、いつものうっぜえオタクトークしねえの？　ファンなんだろ？　おかしいじゃん？　おまえ、そいつのおかげでオタクに目覚めたんだろ？　神じゃん？」

「そ……」

今度こそ、瓜生は身体がこわばるのをごまかしきれなかった。

（失敗した……っ）

反応を抑えすぎたせいで逆に、灰汁島が瓜生のウイークポイントだと気づかれてしまった。

そして、こういうときにウザ絡みをしてくるのが、五十公野という男だ。

「へぇえ、そうなんだ。今度読んでみようかな。灰汁島セイ。灰汁島セイねえ」

「……っはは、ラノベ慣れしてないと、読むのむずかしいかも」

身がまえているのを隠せなくなった瓜生を追いつめるように、五十公野の目が細められた。

「ええ？　おまえこの間の番組で、先生の本は文章が読みやすくて、ラノベ知らないひとも入り口になるって言ってたのに？」

「見て、たんですねえ……」

「今度サイン本もらってきてよ。あ、宛名はいらんから」

わざわざつけくわえた言葉に、間違いなく売る気だと知る。冗談じゃないと怒鳴りつけたくなり、唇の内側をきつく嚙《か》んでどうにか抑えた。

（こらえろ、こらえろ。安い挑発に乗ってどうする）

せめて、本当の関係だけは悟られないようにしなければ。これ以上灰汁島のことを深掘りされたら、この男はどうつけこんでくるかわからない。

この業界で落ちぶれていく人間の、果ては知れない。若いころから、五十公野はそういう箍《たが》が緩かった。ましていまは半グレとつきあいがあるような輩《やから》だ。

頭のなかで最大級の警戒アラートが鳴り響くなか、瓜生は必死に平常心を保つ。

「あー、言うて先生に会えるのはなかなかないから……頼めそうならってことで」

「んだよ、言うほど仲よくねえの？　まあ、十冊くらい頼むわ」

案の定、完全に転売する気なのを隠す気もないらしい。あさましさ丸出しの姿に、もはや感心すら覚えつつ、瓜生はポケットに手をいれ、この場から逃げだすための小細工をする。

「あ、やば……」

手にしたスマホがバイブレーションしたかのような反応をわざと見せると、「なんだよ？」

と、五十公野が声を低くする。目立ちたがりの彼は、どんなささやかなことでも他人が自分から気が逸《そ》れたことに不愉快そうに反応する。

本当に、変わらない。傲慢でわがままなそれが、斜にかまえてかっこよく見えていた過去、十代のほんの一瞬だとはいえ、自分の目の曇り具合にがっかりする。

だがそんなことは、いまはいい。取りだしたスマホを無意味にスクロールして、このあとの逃げのための伏線を作らねば。

「……おい、ひとと話してんのに、なにスマホいじってるわけ?」

自分がやるのはかまわないくせに不快そうに責められ、瓜生はわざと慌ててみせた。

「ああすみません。いや、ちょっと、次の移動があって。急《せ》かされて……あー一塚さん怒ってる……」

おおげさに顔をしかめ、マネージャーから叱責《しっせき》のメッセージがきたようなふりをする。

「はあ? こっからまだなんかあんの?」

「そうなんですよ、ちょっと打ち合わせ……地方移動するなら隙間に詰めこんでおけみたいな?」

「あらら、なにそれ。うちの事務所渋くて」

「弱小は大変だな」

嘲るようなそれに「そうなんですよね～」と、むかつきをこらえて愛想笑いを浮かべる。

不愉快ではあるが、ここで五十公野の神経を逆なでするとさらに絡まれかねない。

（とにかく、早く逃げないと）

手早くアプリを起動し、とあるスタンプを送った。一見はただの挨拶イラストだが、こういう厄介に絡まれたときのため、『電話して引き剥がしてくれ』の合図に決めてある。

数秒と立たずに着信したそれに「はいはいっ」と瓜生は慌てたふうに出た。

『瓜生くん、なにやってんの⁉　次があるんだから、急いで！』

聞こえてもかまわないように、決められた台詞を言う一塚の声はかなり大きい。彼も、もともとはタレント志望だっただけあって、なかなかに芝居がうまいのだ。感心しながら、瓜生も焦ったふうに返す。

「あーごめんなさいっ、いま行きます！」

小芝居を悟られないようバタバタとしたふりで、瓜生は荷物を抱えなおした。

「それじゃ、これで――」

「なあ、今度さあ、仲間内でパーティーあるんだけど、こない？　可愛い子くるし、イイモノあるんだ。たまにはハメはずして遊ぼうぜ」

失礼、と言いかけた瓜生に五十公野がまた腕をまわしてくる。肩を組み、耳打ちしてきた生温かい息がかかってぞわっとする。必死に身体をこわばらせ、震えないようにつとめた。

「や、あのほんと、急がないとなんで――」

「スゲーひともくるしさ、顔つないでやるから。うまくいけば、い、い、いいものもらえるし」

にやにやとする五十公野の羽振りがいいのは、ファンからの貢ぎ物や物販の荒稼ぎだけではなかったらしいことが、その言葉でうかがえた。いやな話だが、セレブ層に取りいっておこぼれに預かる連中というのは、いつの時代にもいる。

「うーん……ちょっと、しばらく予定ぱんぱんなんで……一応、いつです？」

固辞すれば執着される可能性が高く、瓜生はこれも社交辞令でどうにか乗り切ろうとする。

「じゃあ決まったら連絡すっから、ライン教えろよ」

「……あー、おれのライン、スマホごと事務所に管理されてるIDなんですよ。うち事務所がネット関係厳しいんで。インスタのDMで連絡くれます？」

瓜生のそれはまるっきり嘘《うそ》でしかない。だが、SNSでの炎上が騒ぎになる前に、その手の情報管理をきつくしている事務所もあると聞いたことがあった。言い訳に使えば、舌打ちしつつも五十公野も信じたようだった。

「んだよ、個人用のスマホくらい持てよ」

「すみません。あ、……」

ふたたびの着信。無事に逃げられたと伝えなかったため、一塚が追撃のコールをしてくれたらしい。あせったふりでスマホと五十公野を見比べれば、犬を追い払うような手つきで舌打ちされる。

「しつっけえな。いけば？」

「時間ないんでマジでまた！　名前で検索すると出ますので」

「おー」

それじゃ、と半ば言い逃げするように瓜生は走りだす。もうタクシーがどうとか言っていられない、大通りまで行けばなにかしら拾えるだろう。

背中に視線を感じる。振り向いてはいけない。いまはただ、逃げなければ。

角を曲がり、バス亭のある通りまで出る。五十公野の姿が見えなくなったあたりで、耳をごしごしとこする。生温かい息の感触がまだ残っているような気がして怖気《おじけ》がした。

(可愛い子に、イイモノ……って)

よくて酒のはいった乱交、もっとひどければカクテル、脱法《ドラッグ》どころかアウトゾーンにはいるナニカを勧められる可能性すらありそうだ。

——食いもんにできるのはなにも、差しいればっかじゃねえけどさ。

(撮影会。……違法ポルノとか、そういうやつかもな)

あれはもう、五十公野が踏み外したさきにいると知らしめる言葉だった。

本当にぞっとする。あんな人間と、過去にとはいえ寝たこともあるなどと、本当に人生の汚点だ。

(先生には、知られたくない)

灰汁島に知られたら、嫌われてしまうのではないだろうか。そう考えて、さきほどの比ではない悪寒が背中を走り抜け、瓜生は身震いする。

灰汁島とはじめて身体を重ねたとき、瓜生は童貞でもないし処女でもなかった。彼はそれを知ったうえで、恋人にしてくれた。

過去の話をうちあけようとしたとき、ひどく微妙な表情で灰汁島は言った。

――たぶん、嫉妬するので、いいです。

そのときは、嬉しさに震えた。

彼のように、まっさらというわけではない。多少、遊びはしたが、ひとが眉をひそめるほどえげつない過去を持っているわけでもないと思う。

でも、人数ではなく、そのなかに――あんな男が交じっていたら。

なにも考えず、ダラダラと生きていただけのあの時期。怠惰で、つまらなくて、本当に生きながら腐っていくような気がしていた。

なにがあったわけではない、むしろなにもないからこそ、自分を安く扱って、だめにしようとしていた。

あの日、灰汁島の本に出会わなかったら、あの物語に文章に胸を打たれなかったら、自分も五十公野のようになっていたのだろうか。

想像するだけで、ぞっとする。

苦いモノを嚙みしめ、いまは一刻もはやくあの男のいる場から離れようと、瓜生は足を早めた。

＊　＊　＊

もやもやとしたものを抱えていても、仕事には関係ない。

本番を迎えれば、板の上ではすべてを出すしかないのだ。

すくなくとも、瓜生はその日、自分のできうる限りの全力で、芝居をした。そのつもりだった。けれど、大阪初日のソワレが終わり、汗だくの重たい身体を引きずって楽屋に向かう瓜生に、静かな声がかけられた。

「瓜生くん、ちょっと手ぇ出して」

「はい?」

穏やかで、やさしい声。激しい殺陣《たて》も、ダンスも、そしてその歌声を買われたベテランは、ソロ曲が三曲もあったのに、つややかでよく伸びる美声はなんら、疲れをのぞかせない。

にっこりと微笑んだ水地は、よくわからないまま手を出した瓜生の掌《てのひら》に、個包装の漢方らしい丸薬の包みをよこした。

「水地さん。これは?」

「すごく効く漢方薬。体調が悪いなら、これ飲んで、きょうは早く休んだほうがいいよ」

「えっ……」

まだメイクも衣装もそのままの水地は、まさに王の風格があった。ついさきほどまで、瓜生ら主人公パーティーを圧倒していたその姿は、貫禄と威厳に満ちてすらいる。

その彼に向けられたいたわりに、むしろ瓜生は背中に冷や汗をかいた。

「……そう、見えましたか。調子、悪く、感じましたか」

「うん、頑張ってたね。あと、答えは自分でわかってると思う」

薄い唇から出る声は、舞台の冷たい覇気とはまるで違う、やさしさといたわりに満ちていて──だからこそ、瓜生はみじめさを覚えた。

(こんな目を向けられているようでは、だめだ)

彼とは今回、舞台上で敵対する関係だ。立ち塞がり、敵《かな》わないまでも一矢報いる、そんな気概で火花をバチバチに散らせなければいけない相手。

演者によっては、馴《な》れあいの空気が混じるといけないからと、芝居で敵対関係にある間、相手の俳優と口をきかないという役作りをする場合もある。

むろん、それもひとによる。演技プランやポリシーはさまざまだし、水地は素と演技を切りわけられるだけの力量とメンタルの太さがあるのだろう。

そしてこの気遣いも、彼の余裕のあらわれだ。対して、瓜生はどうだろう。

瓜生の役柄は、力は強いが短気がゆえに策にハマる斥候だ。水地演じる王に食ってかかり、その王にすら届かず、兵士たちに傷を負わされる。

そうして敵の奸計《かんけい》により、仲間のパーティーからも誤解され孤立するが、あくまで自分の信じる正義のために、ひとり暗躍する――というもの。

騙《だま》されたことで仲間からも背を向けられるも、矜持《きょうじ》は保ち、くじけず、あくまで孤高の強さがなければならない。――それなのに。

（きょうのおれは、弱かった。……弱すぎたんだ）

頑張っていた。努力だけはしている。だが、『足りていない』。そういうことなのだ。虎の獣人役なのに、おそらく水地にとって仔猫程度の存在だったはずだ。

ぐっと瓜生は唇を噛む。言い訳をしても意味はない。やれた「つもり」でいたことが、ただただ恥ずかしい。

「すみません。明日には、整えます」

ぐっと腹にちからをいれ、水地の目を見た。見おろしてきた――身長は大差ないはずなのに、ひどく大きく見えた――彼は、ややあって、やわらかな、なにもかも包むような目でうなずいた。ふわりと背中をあたためるような、そんな笑みだと思った。

「体調よくなったら、飲みに行こう。おごるよ」

水地は、バラエティなどにも出ないせいか、テレビ的には地味な存在で、世間では脇役専門の俳優と思われている。けれどやはり、長いキャリアを持つには魅力がないと不可能だ。

（ちょっとときめいた。やっぱいいなあ……ごめんね先生、おれは先生ひとすじ）

むろんそれは恋とは違う、純粋な憧れと尊敬ではあるけれど、ちょっとだけ内心で灰汁島に謝りつつ、誘いの言葉には素直にうなずいた。

「一緒に行くのはもちろん！　でも、おごりとかはいいので」

「いやあ、瓜生くん、細くて心配になるよぉ。もっと肉つけさせたいし。いい肉食べてほしいんだよね」

しみじみと言う水地の背後を、彼の補佐として脇を固めるベテラン役者、百世貴一《ももせきいち》が通りすがりに叩いていく。

「やだねえ、おっさんは若いのに飯食わせたがって」

「ええ？　百世さんのほうがもっとおっさんでしょうが」

「瓜生くん、このひとこんな顔してザルだし胃袋ブラックホールだからね？　つきあうと体形維持できなくなるから、適当にあしらっていいよ。で、水地くんはぼくに酒をね」

「いやなんで乗っかってくるの。自分の酒代は自分で払ってよ。瓜生くん、このひとは置いといて、焼肉行こう」

「あ、あはは……」

気の置けない友人同士の軽口に、瓜生の表情もほころびる。困った顔で笑っていると、水地の肩に手を置いた百世が「かわいいねえ」と微笑ましそうに言う。

「そういう、若い子のかわいげってのは、いまだけのもんなんだから。大人になりゃ、勝手にすれるんだからさあ。ぴりつくのもいいけど、笑ってどーんとぶつかりゃいんだよ」

「！　……はいっ」

どうやら、百世にも不調を見抜かれていたらしい。情けなく、同時にありがたかった。同じ『先輩』と呼ぶにしても、五十公野と、目のまえの大人たちとは天と地ほども差がある。そして、瓜生に大事なものを気づかせてくれる。

「きょうは、早寝して、明日もがんばります！」

ぐっと拳を握り、目尻に滲んだものをこらえながら言えば、百世が「いいお返事」と渋い笑顔で笑う。見守っていた水地が「あ、そうだ」と瓜生に握らせた丸薬を指さした。

「それね、カプセルにはいってるでっかいアメみたいなサイズの練り薬だから。お湯とかに溶いて飲んでって説明書に書いてあるけどそうすると味がえっぐいんで、ナイフとかで切るか、ちょっとずつちぎってチネって、錠剤みたいに水で飲んじゃうほうがいいよ。あと、もしもそれがあわないなら、もっといい漢方の――」

「え、あの、はい」

まくし立ててくる水地にあっけに取られていれば、百世が遮るように口を挟んできた。

「はいはいもうおせっかい、いいから。おまえのいまの格好で漢方指南とかシュールすぎだからね」

「あっ、もう……あの瓜生くん、よかったらあとでラインして――」

「はい、いくよー。しつこいおっさんはうざがられるよー」

「だからおっさんにおっさんって言われたくないですって！」

百世にひきずられ、水地が遠ざかっていく。彼らの楽屋は個室があてがわれているため、瓜生たち若手の大部屋とは反対方向だ。

「あのっ、おふたりとも、ありがとうございました！」

あわてて礼を言えば、振り返らないまま百世は手をあげ、水地は引きずられるまま、にこりと笑ってくれた。そのユーモラスな姿にまた自然と笑いがこみあげてくる。そして、どれだけ自分の表情がこわばっていたのか、そのことで自覚した。

観客に対して申し訳なくなるような演技をしたつもりはないし、自分なりに芝居へ集中したつもりでいた。けれど、どこかめいっぱいすぎたのかもしれない。反省は必要だ。けれど、落ちこむ暇があるなら、次に活《い》かすしかない。

（切り替えなきゃな）

先日の不愉快さと不安感を、疲労として持ちこんでしまった自分の未熟さ。それをああして教えてくれるのは、本当に親切でやさしく、同時に、まだ面倒を見られる程度には『若い』と見なされているのだ。

あのひとたちに、いっそ蹴落とそうとするくらいに、認められなければだめだ。

もっと強靱《きょうじん》で、もっとしたたかで、魅力的にならなければならない。それはきっと、今回に限らず、すべての役を演じるうえでも、大事な要素になるはずだ。

ならば、どうするか。あまえた思考を切り捨てるべきだ。もっとストイックに。

(そのためには――)

先達にならって、形からでも孤独を味わうべきか。この十年以上、支えとしてきたものが、頭に浮かぶ。

「あ、瓜生くん、お疲れ」

楽屋に戻り、主人公チームのリーダー役、億岐《おき》隼也《しゅんや》が朗らかに声をかけてくる。彼はすでに着替えをすませ、メイクも落として素の顔に戻っていたが、元が非常に端整なので、すっぴんでも本当に主人公ぜんとした空気がある。

「遅かったけど、どしたの」

「水地さんが体調悪そうだからって、漢方薬くれた」

「え、大丈夫なの」

「体調？　平気？」

楽屋にいた面々が、わらわらと声をかけてくる。とてもありがたく、しかし同時にこれは、と瓜生は思った。

場の空気を乱したくない。けれど同時に、孤独感も味わい、ものにしなければならない。

となれば——やはり、あれしかない。
身を切るような思いで、瓜生はひとつのことを、決意した。

＊　＊　＊

大阪での全公演を終え、次の仕事までにわずかばかりの休みをもらった瓜生は、その日程が決まるなり、すぐさま灰汁島に連絡をいれた。

【顔見たいんだけど、おうちに行っていいですか】

メッセージを送信してから数秒も経たず、着信。表示は案の定灰汁島からで、ざわつく胸をこらえきれないままに瓜生は電話をとった。

「はいっ」

『大丈夫ですか、イサくん』

ふだんなら、ちゃんと数日まえからアポイントをとり、灰汁島の予定を確認する瓜生の唐突なそれに、驚いたらしかった。心配をかけてしまっている。申し訳なさと同時に嬉しく、瓜生は声を震わせた。

「ごめんね先生、忙しいときに」

『それはいいです。……いまからきますか？』

なにがあった、とは灰汁島は聞かない。ただ案じるだけの言葉と思いやりをくれる彼に、痺れるほど嬉しくなる。

「大丈夫……ですけど、行ってもいい？」

『問題ありません』

待ってるね、とやさしい声で言われ、背中があたたかく感じた。灰汁島に抱きしめられているときと同じ、安心する感覚に息をつき、「じゃあいまから行く」と車のキーをとる。

小一時間後、灰汁島のマンション近くの駐車場に車を止めた瓜生は、急いた足取りで彼の部屋へと向かった。

「いらっしゃ……うわっ」

「ただいま！」

ドアを開けてくれた灰汁島に飛びつく。一応の変装でかぶってきたキャスケットがずり落ちそうになり、灰汁島が慌てて大きな掌でそれを摑んだ。

「と、とにかくあがって」

周囲をきょろきょろと見まわしたのち、瓜生を抱きこんだままのような状態でドアを閉める。このあたりは奥まった住宅街で周辺にも似たようなビルやマンションが林立しており、景観もさしてよくはないが見通しも悪い。おかげで、あまり他人に見つかることもなく、灰汁島のようにひとから隠れたいタイプにはもってこいらしかった。

部屋の防音扉が閉まったあと、電気をつけていない狭い玄関は薄暗がりになる。そのなかで、ぎゅうっと灰汁島に抱きついたままの瓜生は、おそらくふだんの様子とはかなり違うだろう。

それもこれも自分の行ったことの反動ではあるが——想定以上に心が弱っていたのだと、灰汁島の長い腕に包まれてはじめて知った。そして、やさしい恋人は、瓜生の不審な行動についてけっして咎《とが》めない。

「ひさしぶり、イサくん。いらっしゃい」

「……うん」

「車できたんだよね？　渋滞してませんでしたか？」

「平日の昼間だから、スムーズだった」

ぎゅうぎゅうに抱きついたまま、靴も脱がずあがろうともしない瓜生に行動をうながすことも、なにかを問いかけることもしないまま、ぽんぽん、と子どもをあやすように背中を叩いてくれる。

(先生のにおい。心臓の音)

灰汁島は男くさい体臭などほとんどない。いつも着ているスウェットからの柔軟剤と、瓜生があげた香水の混じったあまく清涼感のあるそれが、体温であたたまり、なんともやさしい匂いになっている。

「せんせ、香水つけたんだ？」

「イサくんくるって言ったから。この匂い好きでしょう」

「……うん、好き」

体温と香りと言葉に癒やされ、すうっと大きく息を吸い、はあっと吐きだす。

「……へへ、ただいま、先生」

「さっきも聞いたよ。……おかえり、イサくん」

腕のなかで、にへ、と笑った瓜生に苦笑し、灰汁島がそっと頭を撫でてくれた。


家から車でどこにも寄らずきたけれど、念のための手洗いうがいをしたのち、定位置のリビングダイニングに顔を出せば、灰汁島がすでにコーヒーを淹《い》れてくれていた。

「イサくんくるって言うから、さっき『うみねこ亭』まで行って、ケーキ買ってきた。今日は、店長手作りのアップルパイ」

格子状にパイ生地を重ねた、定番中の定番のアップルパイ。切りわけられたその断面からは、みっしりとキャラメリゼしたリンゴが重なり合っているのが見える。

「わ……ありがと。美味しそう」

促されるまま椅子に座り、コーヒーをサーブされたところで瓜生ははっとなる。

「大阪土産！　買ってきたのに忘れてた！」

「いいよいいよ、また今度で。……それとも賞味期限とかある？」

「い、一応一カ月くらいある焼き菓子だから大丈夫」

そう、とうなずく灰汁島に、「ほんとにごめんね」と手をあわせて上目遣いに謝罪する。

すると、うっと息をつめた恋人はため息をついた。

「……イサくん、そういうあざとい仕種《しぐさ》は、わざと？」

「んえ？　し、してないけど、なんかした？　おれ」

ビビッドな反応が楽しいので、瓜生はたまに灰汁島の好きそうな服や言動で誘うこともある。だが、余裕もないいま、そんなことは狙っていない。

きょとんと目を瞠れば「いや、ごめん」と灰汁島が長い指で自分の口元を覆った。

「勝手にぼくに刺さっただけです」

「えっ、待って待って。いまのなに刺さったの、後学のために聞きたい」

やにわに元気になった瓜生にそっぽを向き、灰汁島は手ずから淹れたコーヒーを啜《すす》る。

「教えない」

「えー！　なんで！」

ねえねえ、と身を乗りだして追及する瓜生を横目に見やり、灰汁島はふっと笑った。

その表情がどこまでもやさしくて、そのくせ男くさくもあって、どきりとする。

「元気出たみたいで、よかった」

その瞬間、瓜生の心臓がぐぎゅうん、と珍妙な音を立ててねじれた気がした。

顔を覆って天を仰ぎ、声にならないものを堪えるあまり喉が痛くなる。

「……っ、～～……！」

（おれの彼氏がやさしい。尊い。好きが天元突破する。崇《あが》めたい……！）

「あー、ひさしぶりだなあ、イサくんのそれ」

ハハハ、とすこしだけ遠い目になりながら、灰汁島は笑っていなしてくる。恋人の奇行になれさせてしまって申し訳ないと思いつつも、推しを目のまえで存分に推しても許される時間は、なによりの癒やしだ。

「元気に！　なりました！」

どうにか顔を灰汁島へと戻して宣言すると「よかったねー」とこれもいささか棒気味に言われる。マグカップをテーブルに戻した灰汁島は、ふと表情をあらためた。

「なにか、……話したいこと、ありますか？」

愚痴でも弱音でも、吐いていいよと促される。けれど瓜生はしばし彼を見つめたあと、かぶりを振った。

「えっと……まずは、連絡ずっとしなくて、ごめんなさい」

「え？　いや、いいよ。忙しかったんだろうし、仕事してたから、ぼくもあっという間に時間経ってた感じだし」

じっさい、灰汁島は忙しくなると時間感覚が吹っ飛ぶ。それも数時間などというものではなく、場合によると一カ月も二カ月も、季節がめぐっていることすらわからなくなるという。だから、今回、トータルで一週間以上は声も聞かず、メッセージのひとつもいれずにいたというのに、まるでけろりとしている。

瓜生のような仕事をしている人間の恋人としては、資質として最高だ。さみしがり、不安になって八つ当たりをしてくることもない、自由でひとり、楽しく生きていてくれる。けれど、さすがにこのあっけらかんとした様には、苦笑するしかない。

「おれは……寂しかったです、めちゃくちゃ」

「うん、でも――」

「だって、わざと連絡しなかったから」

さすがに灰汁島が目をまるくした。どういうことかな、と首をかしげる彼に不要なわずらいを与えたいわけではないので、瓜生は早々にネタばらしをする。

「ごめんなさい。役作りで、ひとりになりたかったんだ」

「え、あっ、なるほど？」

なるほど、とは言ったモノの、それが自分とどう関わりが、とさらに不可解そうになる灰汁島がかわいらしくも申し訳なく、瓜生は頭をさげる。

「今回の役、ひとりで先走って、敵の策にはまって、パーティーから孤立する役だった。でも、仲間内みんな和気藹々《わきあいあい》だし、それはそれでいい空気だからギスギスさせるのも、って感じもあって。あと……おれが一番きついのって、先生の存在感じられないことだから」

あの日の夜、まっさきに瓜生がやったのは、灰汁島の連絡先の封印と、灰汁島の作品の封印だ。具体的には、灰汁島をフォローしているツイッターのログアウト、電子書籍アプリをフォルダの階層深くに押しこめ、一発呼びだしができなくする、持ってきた文庫本をホテルの金庫にしまい、電子ナンバーロックをマネージャーにかけてもらって、チェックアウトする日まで番号を教えないよう頼む、など。

ただし、灰汁島からの連絡はいつでも受けられるよう、電話やメール、通信アプリの類いは、拒否もブロックもしなかった。

「で、先生いま、めちゃくちゃ忙しいし、たぶん、おれから連絡しなかったら、そのまま修羅場ってるだろうなって思って……そしたら」

「……ごめん、あたり。今朝脱稿したとこだったから……マジで今日何日かわかってなくて」

大阪に行った恋人を気にかける余裕もなく、ひたすらキーボードを叩いていたという灰汁島の顔には、うっすらクマが浮かんでいる。

「脱稿！　おめでとうございます！　えっどこの？　新作かな？」

「久々に完全新作です。で、今回はキャラ文のほうかな」

ちょっと頑張った、と誇らしく笑う灰汁島に、瓜生はちいさく拍手して「楽しみです」と告げる。

「でも……ファンとしては嬉しいけど、完全に忘れられてたの、恋人としてはちょっと寂しいかな」

「ご、ごめんねほんと」

わざとらしくじっとりと上目遣いで言えば、灰汁島はすこし困ったように笑って謝ってくる。もちろん冗談、と言おうとした瓜生に先んじて、彼は言った。

「でも、そこまでするって、なにかあったの？」

「え……」

「ふだんのイサくんなら、そういう……なんていうのかな、芝居のために自分を作るとかってこと、そこまで行動に縛りいれたりしなくても、できるでしょう」

ぐっと瓜生は唇の内側を噛みしめる。透徹したまなざしをする灰汁島は、鈍いようでどこまでも鋭い。たぶん、自分がなにを暴こうとしているのかも、よくわかっていないまま、瓜生の本質を見据えてしまう。

怖い、と思う。同時に喜ばしくもある。なぜなら。

「……先生は、おれが、そういうのちゃんとできるって思うの？」

「思うっていうか、知ってます。イサくんは毎回ちゃんとそのキャラクターを生きてるから……ぼくも、まあぼくは書くだけだけれど、憑依《ひょうい》するみたいに馴染《なじ》まないと、登場人物のことを書けないことはあって。はいるのも、戻ってくるのも、時間がかかる」

灰汁島は世界を作る作業を行うため、孤独になりたいわけでもないのに、孤独であるしかない。現実世界の煩雑なあれこれは、彼の脳内には邪魔でしかない。

瓜生は、彼とつきあうことになったとき、自分がそのノイズになったらどうしようと、そんなふうに考えたことがある。けれど、あるとき彼は言ってくれた。

――イサくんは、ぼくとぜんぜん違う仕事しているし、違う視点で世界を見てるのがわかるから、こうして話すだけでもほんとに勉強になるよ。

たぶん、彼の頭のなかでの瓜生は、違う世界からやってきたマレビトのようなものなのだろう。異物すぎて、逆に面白がられて受けいれられている、そんな気がする。

(いやがられないなら、なんでもいいけど)

珍獣扱いでも灰汁島が拒まないならそれでいい。灰汁島の望む『なにか』でさえあるなら瓜生はかまわない。そんなふうに思っていたせいで、続いた言葉には驚かされた。

「でも、イサくんはそこの切り替えがもっとこう……スイッチでぱしっとオンオフできるみたいだった」

「え、そ、そんなの見せましたっけ?」

芝居にはいる瞬間など、彼に見せただろうか。首をかしげると、くすくすと灰汁島に笑われる。

「この間アフレコ立ちあったじゃないですか」

「あっ、そっか」

彼自身が現場にいたわけではないので失念してしまっていた。そういえば声だけとはいえ、モニターに映った演技する姿を、つぶさに見られていたのだ。

「ついさっきまで監督さんと雑談してたのに、マイク前に立ったらもう、『カタラ』だった。ほんとに一瞬で役にはいってて……簡単にやってるって意味じゃなく、うまいなって。これがプロの技術なんだろうなって、ぼくは思ったんです」

「あ……ありがとうございます」

真っ向から褒められ、照れるしかない。そんな瓜生をじっと見て、灰汁島は続けた。

「だから、そんなイサくんが、そうまでしないといけなかったのなら、なにか集中できないことが、あったのかなと」

「……っ」

瓜生は、目の端に滲むものをこらえきれなかった。感動に胸が震える。息が苦しい。

憧れて、尊敬して、大好きな作家で、同時に最愛の恋人でもある灰汁島から、認められている。これ以上の喜びなんて、この世にあるんだろうか。

(いや、ない。……って脳内ノリツッコミ反語をやってる場合か)

ふざけた自分の思考に、おかしくなってくる。そしてひとりで笑いだす瓜生にきょとんとして、灰汁島は首をかしげた。

「っはー……！　先生が今日も尊い……！」

「また、もう……」

呆れ笑いをする灰汁島は、やっぱり若干引いていて、それでも瓜生を拒絶も、否定もしない。やわらかく「ぼちぼちやめない？」とたしなめるだけだ。

全面的に受けいれられないのに、許容する。なにもやさしいだけではなくて、すこし面倒くさがっての放置で、でもそれすら、灰汁島のあり方として好ましい。

「で、なにか、話すことありますか？」

そして、やんわり穏やか、すこし気弱なようでいて、自分が気になることにはとことんな灰汁島だ。そこも好きだなあ、と、詰められている状態でも瓜生はうっとりする。

「イサくん？　そんなに話したくない……？」

さすがに本気で心配になったらしい。眉《まゆ》をさげた灰汁島に、瓜生はどう言えば曲がらずに伝わるかと言葉を探して、うつむいた。

「んー、とね。あることは、あったんです。でも」

（でも、あなたがここにいるから、もう全部、クリアになった）

内心の言葉はさすがに口にできず、やんわりと笑ったままかぶりを振る。

芝居に集中することで、意識の奥底に追いやっていた不安感。五十公野と再会して以来、どこかでぐずついていた胸が、驚くほどにやわらいでいる。

ならばと、口にすべき言葉を摑んで瓜生は顔をあげた。

「……楽しい話を、聞いてほしい」

「うん？」

「新作の舞台。いろいろ、勉強になることたくさん、あって」

話しながら、ふと思いだす。かつて、灰汁島がひどく弱ったとき、呼びだされて飛んできた自分に彼は、言った。

――話は……あったんですけど、なんかもうどうでもよくなったというか。

あの日の彼は、おそらくなにか苦い出来事があって、疲れてつらくて、瓜生を呼んでくれた。どんな愚痴でも心の汚泥でも受け止めると思って行ったのに、ただそこに瓜生がいるだけでいいと、それだけで救われたと、灰汁島は教えてくれた。

(だからってわけじゃ、ないけど)

不愉快な話題でせっかくの時間を埋めるより、楽しい明るい話をしていたい。

「えっとやっぱり水地さん、すごかったです。格が違うって感じで」

「うまいんだ？」

「もう、なんですかね……うまいのは当然として、その上にいるっていうか。そこに立つと一瞬で空気ができあがるみたいな」

大阪公演での成功、舞台上での失敗とリカバリ、そんな話題ならいくらでもネタはあって、楽しいこと、興味深いことばかりを瓜生は口にした。灰汁島も穏やかに相づちを打ち、ときに質問をまじえながら、話を聞いてくれる。

「それで、水地さんがくれた漢方薬飲んだんだけど、やっぱり用法どおりにと思ってお湯に溶かしたんだけど……」

「え……もしかしてそれって、こういうの？」

灰汁島が手元のパソコンで手早く検索し、ブラウザのヒット画面を見せる。ずらりと並ぶ通販サイトのサムネイル写真には、瓜生がもらった丸薬が箱詰めにされたものが並んでいた。

「あっ、そう、これ！　え、なんで名前も言わないのにわかったの？」

「一時期有名だったんだよ、一部の芸能人が使ってて人気って。で、ぼくも買ったことありました」

「……溶かして飲んだ？」

うなずいた灰汁島はしわしわの顔になっていて、瓜生も同じくだ。

「溶かさずに水で流しこめってアドバイスを聞けばよかったと、あの晩、本当に後悔しました……」

「ぼくも、口コミで書いてあったのに、説明書の通りじゃないとまずいかと思って……」

その後、言葉に尽くせぬほどまずい丸薬の話で盛りあがった。また水地からの提案で、東京公演の中日、若手全員が高級焼肉に連れて行ってもらうことが決まったと言えば、めずらしく灰汁島が「いいなあ、楽しそう」とうらやましそうにため息をついた。

「え、先生それ焼肉？　水地さん？」

「両方。あと、イサくん。その場で美声と美形に囲まれた焼き網になりたい」

「先生……視点がモブすぎる……」

「作家なんか常に壁モブですよ？」

その後も、会話ははずんだ。焼肉にはふたりで行くのもいいねと話し、今度の約束をとりつけた。

（楽しいなあ……）

やさしい笑顔で、言葉を受けいれてくれる相手がいる。傷つけられることはいっさいないと、安心していられる。それが長いことファンで居続けた灰汁島であるなんて、どれだけの僥倖《ぎょうこう》だろうか。

——今度さあ、仲間内でパーティーあるんだけど、こない？

ふと脳裏をよぎる、不愉快な声についてはかたく、意識の蓋をする。

あんな誘いを受けたことなど、灰汁島に言う必要もない。話には乗らないし、あれっきりなのだから。

（……ほんとに？）

そう思いつつも心のどこかで、過去を知られたくないせいでは、というささやきが聞こえてくる。

水に落ちた一滴の墨のように、その不快さは瓜生のなかでたゆたい、心を曇らせた。

＊　＊　＊

週末をまえにした金曜の夜。その日は比較的スケジュールがゆるめで、午後一の雑誌撮影とレッスンを終えた瓜生は、めずらしくゆとりのある夜を、灰汁島の新刊とともにすごすべく、ひとりで暮らすマンションへと帰宅していた。

都内でも下町よりの住宅街にある、広めの２ＬＤＫは賃貸で、築年数の古さゆえエレベーターもない。代わりに家賃も安い。セキュリティのしっかりしたいまどきのマンションではないものの、造りは頑健で、それぞれの部屋の玄関に行くには直通の階段を上らねばならず、慣れていない人間には案外とはいりにくい。

そして内装の改装は、退去時に原状回復さえするなら好きにしてよいという太っ腹な了承を得て、防音の壁材を施し、引き戸も外して間取り自体を大幅に変更し、ふたつの部屋をつなげるような形にした。

おかげで実際より広く見えるわけだが、その部屋の端、極力直射日光がはいらない位置を計算して据えた、ロールスクリーンつきの特注本棚。中身はむろんのこと、灰汁島の著書のすべて、関連ムック、グッズ、特典小冊子、ブルーレイにDVDにキャラクターフィギュア。

その祭壇近くには、読書とネットに特化した、ゲーミングチェアにデスクセット。机上ラックには『すぐ読む用』の本と、直近の仕事関連の資料やシナリオが並び、手前には愛用のノートマシン。灰汁島オンリーをフォローしている『孤狐《こぎつね》』という名前のツイッターアカウントや、アマチュア時代の灰汁島が投稿していたサイトや、出版社や書店の特設サイトを揃《そろ》えた専用ブックマークフォルダ、サイト配信していた期間限定のSSに、ネットでのインタビューのスクリーンショットを保存するフォルダなど、これまたねっとりとした灰汁島への愛がつまった大事なお宝PCだ。

ちなみに、消えて困るデータ類は外付けハードディスクとクラウドに、パスワードつきで厳重に保管してあるし、プリントアウトして机の抽斗《ひきだし》の奥にもしまってある。

祭壇となっている本棚については、できあがった直後に遊びにきてくれた灰汁島に、嬉しくてついつい自慢してしまった。

――ほんとに作っちゃったんだ、祭壇……。

若干遠い目をして引いていたようだったが、それでも拒絶もせず受けいれてくれる灰汁島のあまいところが好きだ。

そして、その灰汁島の最新刊が、いま、瓜生の手にはある。本日仕事があがり次第、早期入荷してくれる書店に立ち寄って引き取ってきたものだ。ちなみに書店ごとの特典があるので、それらもすべて予約済み。

「食事もすませた。コーヒー淹れた。読書机のライトも新調。……よし」

いま現在、次の作品の修羅場にはいっている灰汁島だが、ライトノベルの仕事が長い彼は比較的テンポよく本を出すため、いったいいつのどれがなんの原稿であるのか、瓜生はすべて把握してはいない。けれどこれはおそらく、半年以上まえに唸っていたものだと思う。

というのも『花笠水母《くらげ》』シリーズの最新刊は、瓜生と灰汁島が顔を合わせるきっかけになった『ヴィヴリオ・マギアスとはぐれた龍の仔』のアニメタイアップに絡み、文庫の連続刊行を企画されていたもののひとつだからだ。

放送終了直後にはもちろん、原作本最新刊をリリース。さらに特典や雑誌掲載作の番外編を集めた短編集、そして三カ月目のこれが、『朽ちない花――漂う水母の還る先――』だ。

ちなみに、献本を送る、と灰汁島は言った。そして彼いわく、新キャラクターのイメージを瓜生の演じた役にインスパイアされた、とのことだという。

細かい内容は、灰汁島も話したがらなかったし、瓜生も聞かなかった。ただものすごくどきどきして、すこしだけ不安でもある。

灰汁島セイの世界に、瓜生衣沙が、影響した。その是非は、おそらくひとによって正反対でもあるだろう。

惚《ほ》れ抜いた作家には、いっさい自分の姿など知られなくていい、ましてや言葉のひとつもかわしてしまったら、作品世界に自分が交じって濁る、と考えるファンもいる。じつのところ瓜生も長いこと、そういうスタンスでもあって、だから一方的にツイッターでストークまがいのことをするだけの関わりしかもたなかった。

感想のリプライを送っても、灰汁島はめったにレスポンスをするひとではなく、ごくたまにいいねをつけるか「ありがとう」のひとことだけ。

心の中の宇立こと『孤狐』は、それでいいと十年近く見守ってきた。

けれど役者としての瓜生衣沙は、いつか灰汁島作品を演じたいという一心で、頑張った。

結果、つながりがうまれ、灰汁島の『カタラ』の声を当てた以上、影響を与えずふれない距離でいるのは、不可能になった。

ならばせめて、彼の作品に羞《は》じないよう、陰りを落としたりすることのないよう、大事に大事にすることしか、できない。

だから、献本をくれるという灰汁島に「一冊目は自分で買いたい」と言った。

——読んだあとに、先生にはサインいれてもらいたい。おれ、それをほしいです。

ものすごいわがままでごめんなさいと言ったら、灰汁島はあのやわらかい笑顔で「なにがわがままなの」と、やさしく瓜生の手をとってくれた。

あの素晴らしい文章を紡ぐ手指は、長身に見合って大きく、長い。灰汁島にふれられると、そこそこ長身の部類にいるはずの瓜生が、てんでちいさないきものになった気がする。

――イサくんは、ぼくの嬉しいことばっかり、言ってくれる。……ありがとう。

ふにゃりと笑ったその顔が、可愛すぎていとしすぎてうっかり押し倒してしまったのだけれども、それすら受けいれてくれる度量の大きな灰汁島のことが、大好きだ。

（……っと、だめだ。いまは、本を）

本人への愛が溢《あふ》れて妄想に浸りすぎてしまった。いまは死守した読書タイムだ。事務所にも、よほどのことがない限りは電話をいれるなと言ってある。灰汁島愛を過剰に振りまく瓜生のことを熟知している一塚は「わかったから早めに読み終わってね」と苦笑していた。

ゲーミングチェアに腰掛け、うやうやしく机に置いておいた新刊を、手にとる。カバーにはすでに透明ブックカバーをかけてあり、手汗対策もばっちりだ。

「ふー……」

どきどきしながら瓜生が、表紙をめくった――そのときだった。

自室でスタンドにさしていたスマホから、突如大量の通知を教える音が次々と、いっそかまびすしく感じる勢いで届いた。しんと静かな自室に響き渡るそれに、瓜生はさきほどまでの夢心地からさめ、本を机に置き直すと、深々とため息をついた。

「……またか」

不愉快さに、吐き気に似たものがこみあげたのをこらえ、深呼吸をした。

この数分だけでも何十件どころではなく続けざまに鳴る通知音。瓜生はうんざりとした顔で、すべての通知サウンドをオフにした。そしてＰＣブラウザを起動させ、もっとも通知の多い、瓜生の公式ツイッターを確認する。

通知欄にはずらりと引用ＲＴ、その引用者まで巻きこんだリプライが並んでいて、未読件数を示すそれは一瞬で表示限界値超えを示すものになっている。

「うわもう、この二分で通知が一〇〇超えてる……」

平日、夜の七時台。ツールに限らず、ＷＥＢの閲覧数が一番増えると言われるその時間に、瓜生のもとには毎日のように通知が届くようになっていた。

なかにはリプライ同士で会話したりケンカしたりしているものまであり、ノイズの多さに眉をひそめながら元をたぐる。そして、元凶のツイートを見つけた。

【なあなあ、懐かしい写真発見！　おまえこんな顔だっけ　笑】

わざわざ、直接の返信ではなくタイムラインに並ぶように、瓜生のアカウントを文末にいれた投稿記事は、五十公野のものだった。そして、あり得ないことに、高校時代の瓜生や仲間との集合写真から、瓜生と自分の肩を組んでいるショットだけを抜き取り、アップロードしている。

「くっそ、またやられた」

頭を抱え、瓜生《うりゅう》はふたたびスマホを手に取る。同時に、事務所からの着信があった。自分が悪いわけでもないのに、なんとも言えない冷たい苦みが胸を覆っていくのを感じながら、通話をオンにする。

「もしもし……一塚《いちづか》さん、お疲れ様です」

『お疲れ、瓜生くん。……その声は、もう見た？』

「通知うるさいから切ったとこです」

電話の向こうで一塚が『あ〜……』と納得したような、うんざりしたような声を出した。

『こっちからも、事務所の名前で厳重注意してるんだけど、厄介なことにフリーなもんだから、歯止めにならないんだよね』

「迷惑かけて、すみません」

『きみが謝ることじゃ、ないんだけどねえ』

それにしても困った、と唸る一塚の言葉に、理解してもらえていることを安堵《あんど》し、同時にだからこその申し訳なさがこみあげてくる。

大阪の夜。連絡はインスタグラムのＤＭにと言ったのに、五十公野《いずみの》はその直後、わざわざ公開コメントの方に書きこんできた。

【この間の収録はお疲れ！　おれたち連続で放送になるみたいなんで、チェックするな！　あと飲みに行く話ガチだから、予定教えて〜】

あの剣呑《けんのん》な一幕で、どうしてこんな書きこみができるのか。どこまでも自分に都合良く歪曲《わいきょく》された会話内容に、頭痛すら覚えた。

おまけに先日の大阪での収録の際、隠し撮りをしていたらしい瓜生の写真をアップして【ツレのオフショ！】などというコメントをつけ、勝手に自分のSNSに投稿。

それを見た悪質な閲覧者が画面のスクリーンショットをツイッターへと転載。『五十公野と瓜生衣沙《いさ》って仲よかったんだ？』という話が一部で盛りあがり、まずいことに、かつて瓜生がうっかり、灰汁島の写真を無断アップロードしてしまった件まで持ちだされた。

おかげで炎上と言うには微妙なまま、あれこれと言及するRTが続出。反応が万を超えることこそなかったものの、プチバズ状態になった。

それまでネット上での反応など、いいねが二桁程度だった五十公野はこれに味を占めてしまった。『瓜生ネタ』があればいけると、片っ端から古い話を持ちだすようになったのだ。

それもひとつのSNSではなく、インスタにツイッター、フェイスブックと、同じ記事をぐるぐる使い回し、ご丁寧にすべて瓜生のアカウントを引用してくれるものだから、各種ツールで反応があるたびすべて、瓜生にも通知が届いてしまう。

「マジあのひと、どんだけ持ってんの？　おれの写真」

『とりあえず注意すれば削除はするんだけどね……懲りずに次をあげてくるからタチが悪い』

事務所側は、もちろんそれを把握している。緊急コールを装った連絡ののち、ホテルに戻るなり一塚と落ちあった瓜生が、すべてを報告してあるからだ。

若手俳優たちにとって、ＳＮＳでオフショットをアップしたり、交流相手とのやりとりをある程度見せるのは、ファンサービスの一環でもある。

とはいえそこには暗黙の、そして厳然とした線引きがある。役者のハメをはずしすぎた言動や過剰な馴《な》れあいは仕事の差し障りになることもあるし、なにより写真や動画の類いは、肖像権の問題も出てくる。許可がない限りは相手の写真を勝手にネットに出すなど、言語道断だ。

けれど、なにも知らないファンの子たちが、無邪気に盛りあがる。

【五十公野くん、瓜生くんとともだちなんだ？　知らなかった！】

【高校の先輩後輩ですよね？】

【仲良し素敵！】

なかには瓜生のＳＮＳへ【先輩が投稿してますよ♪】などと、善意のつもりで知らせてくる者も多かった。

一度きりならいざ知らず、このところ連日、五十公野は『瓜生ネタ』をアップし続けている。なにしろ過去にはそれなりのつきあいがあって、写真の類いはことかかない。

【蔵出し写真。若かった！】――などという見出しをつけ、勝手に高校時代の写真までアップされた際には、さすがに事務所も猛抗議をしたという。

いまでは五十公野のSNSは、事務所のネットトラブル担当者が常に監視する状況だ。

「にしても、どうすっかな、これ……」

『これ以上続くようなら、法的に訴えるって話もしなきゃならないかもしれない』

「そこまで剣呑なことになりそうですか」

『できればしたくないんだけどね。……この手のタイプは、一歩間違えると、司法じゃ縛れない方向に行きかねないから』

「……警察沙汰になる、とか？」

『半グレがどう、って話が出てる時点で、警戒しないとね』

きな臭い話を匂わせる一塚に、瓜生は眉間にしわを寄せてうなった。

『とにかくこの件、部長が直接、話聞かせろって言ってきてるから……明日、時間あるでしょう。本社まできてくれるかな』

「はい……」

マネージャーだけでなく、事務所の上層部まで話が行っていたらしい。大事《おおごと》の気配に、瓜生はざわつく胸をこらえて了承するしかなかった。ひどく疲れた気分で目をやった机のうえには、表紙をめくりかけていた灰汁島の最新刊。

『……大事な読書タイム、邪魔されてがっかりしていると思うけど、これ、もう、手を打っておかないと無理だから』

「わかってます。あと……ありがとうございます。お手数かけてすみません」

『きみが謝ることじゃないから。じゃあ、明日なんだけど——』

その後、一塚と話しあいの内容についていくつかの確認やコンセンサスをとり、できる限りの情報を交換した。最後に事務所に訪れる時間を取り決めて、通話を終える。スマホをホルダーに戻すだけの動作が、やけに億劫《おっくう》だった。

たかが同じ学校に数年通い、ほんの数回遊んだだけの人間につきまとわれ、あさましく利用されている自分に、悔しさと腹立たしさがぐるぐるとわきおこる。

こんな思いをするために頑張ったわけではないのに。いまだってまだ道半ばで、足りないことばかりで、正しく努力するために、あの場に立っていたいのに。

(だめだ、考えるな)

時計を見れば、だいぶ深い時間だった。明日の話しあいは午前中から、会議室で行うらしい。部長《えらいひと》も立ちあうという話だから、寝不足で頭がまわらないとか、メンタルが折れている状態で挑むわけにはいかないのだ。

いまのところ、瓜生に落ち度はなく、巻きこまれているという立場で一塚は動いてくれている。それでも、本筋ではないことで手を煩わせているのは事実だ。

あまりこのトラブルが長引いたりすれば、世間的によくない話になる可能性もある。そうなればいつなんどき、面倒なタレントだと切られてもおかしくはないのだ。

「先生の本は……落ちつくまで、封印かな」

こんなコンディションで読んだら、小説に申し訳ない。

わくわくして淹《い》れたコーヒーは、冷めきって油膜が浮いている。勿体ないので一気に飲み干すと、香りももう飛んでしまって、苦いばかりの液体が喉《のど》をとおっていった。

＊　＊　＊

翌日、朝。都内中心部にあるビルの一角、瓜生が所属している『宇治木《うじき》プロダクション』のタレント事業部オフィスには、渋い顔の大人たちが集まっていた。

「なんとも面倒くさいことになったねえ」

ため息まじりに言ったのは、事務所の創立者一族であり、事業部部長の永瀬《ながせ》だ。一時期は役者も目指していたと聞けば納得の、古風ながら端整でやさしげな風貌。だが、白髪交じりの眉《まゆ》の下、切れ長の眼光は鋭い。

聞き取りの場は会議室。瓜生の担当マネージャーである一塚とその上司である統括マネージャーの武藤《むとう》、そして永瀬までが現れ、ひどくものものしいことになっていた。

会議机の末席に座った瓜生は、ひたすら緊張を覚えつつ背筋を伸ばしているしかない。

「灰汁島《あくしま》先生の件もあったし、それで瓜生くんはわかってると思ってたんだけど……」

「それは……はい。反省しています」

ため息をついた武藤の言葉に、瓜生はひたすらうなだれた。灰汁島の写真をアップしてしまった件で、社をあげてあちらに謝罪する羽目になったのは、まだ記憶に新しい。

当時は良識的なファンにたしなめられ、一時間もしないうちに消したけれども、魚拓も残っているしなんならウィキペディアにまでその件は記述されてしまっている。

「まさかあの件であえて炎上させようとしたわけじゃないと思うんですけど」

「どうだろうね、知れた話だし」

「ただ、灰汁島先生本人はべつにかまわないって話だったでしょう。終わった話なんじゃないの？」

「それを蒸し返すのがネット民ってやつなので……デジタルタトゥーってやつですよ」

「デジ……なにそれ？」

自分でも本当に失敗したと思っているだけに、瓜生は身の置き所がない。しかし、ネットの常識にいまいち疎いらしい永瀬へとあれこれ説明している、いまの流れが完全に脱線しているとは感じたので「あの」とおずおず手をあげる。

「ひとつだけ……言い訳させてください。あのインスタの写真は、こっちがＯＫしたんじゃなくて、勝手に撮られたし、アップも聞いてなかったです」

「……それはわかってるよ。かなり盗撮っぽい角度だったしね」

うなずく一塚にすこしだけ安堵しつつ、室内の不穏な空気がすこしも和らがないことに胃が縮みそうだった。

「問題は、それを、五十公野亮《あきら》が発信してることだ」

武藤が、吐き捨てるように言うから驚く。統括マネージャーというそれなりの立場があり、言動にふだんから気をつけている彼が、敬称どころか君付けすらない、呼び捨て。そして重たい、警戒心もあらわな声。

もしや、と瓜生は身をすくめる。

(思ってるより、五十公野さん、厄介案件なのか)

胃の奥に冷たい氷を押しこまれたような気分でいると、ため息をついた永瀬が口を開いた。

「大阪で、変なパーティーに誘われたって?」

「……はい。それであいまいにしてたら、これで」

質問のようなかたちをとっているが、あくまで形式的なものだ。妙な誘いを受けたこと、そして異様に五十公野がしつこかったことは一塚に相談済みだったし、そのまま上に伝える旨も聞いている。

「念のため、順を追って状況を話してくれるかな。こちらとの齟齬《そご》があるといけない」

うながした武藤に「もちろん」と答え、一塚を見る。彼もうなずいたのを見てとり、瓜生は用意してきたタブレットにデータを表示した。

五十公野専用にしておいた保存フォルダには、いくつもの画像がはいっている。ＳＮＳは主にツイッターで勝手に瓜生の写真をアップされたものの、投稿記事をタイムスタンプがはいるように、そしてメッセージ系は念のため既読表示にならないよう、アカウント制限をかけたうえで開き、それぞれスクリーンショットを撮ったものだ。

「このスクショが、最初にきたＤＭなんですけど」

「あ、一応ＤＭもきたんだね？」

「はい、細かい日程とか伝えるつもりだったようで」

ずらりと並んだサムネイルをタップし、ひとつずつ見えやすく拡大していく。

【今度のパーティー、来月の10日に決まったから、こいよ！　絶対参加！】

メッセージの続きには会場らしいクラブの店名と、紹介制ＳＮＳのリンクがあった。これに返事はせずにいると、十分後に追撃。

【おーい、見てねえの？　場所これな、地図送っておくから】

小一時間後、さらにメッセージが届く。

【返事ねえんだけど？　無視ってるわけ？】

【オマエさあ、舐《な》めてんの？　ブッチとかなに？】

【返事よこさねえから、オレまでハブられたじゃねえか、どうしてくれんだよ⁉】

未読放置をするうち、時間を追って次第に剣呑になっていくメッセージに、画面を覗《のぞ》きこんでいた全員が、苦い顔になる。

「脅迫じみてるね」

重い声で言う武藤に、瓜生も顔をしかめる。

「メッセージの届く間隔もどんどん短くなっていくし、やばいと思ったんで、インスタ放置して、地方ロケで電波悪い、やっとつながった……って山の写真ツイートしたら、……こうでした」

【悪い、忙しかったんだな。ネットつながらねえ地方ロケとか知らなかった。イライラして言い過ぎたけど、怒ってないよな?】

「突然、ご機嫌取りか。こんなことしても発言の取り消しにはならんだろうに」

「……なんか、言動がDV男みたいだな」

武藤の呆《あき》れ声に続いて、ぼそりと永瀬が言った。一塚が「実際それっぽい話聞きますよ」と顔を歪《ゆが》めた。

「まだリークされてませんけど、一時期つきあってたんだかセフレだったんだかの地下アイドルの子、暴力受けてたとかで、訴訟起こすらしいです」

「マジですか」

瓜生は顔を引きつらせた。永瀬は目を眇《すが》め、武藤は「どこ情報?」と端的に問いかける。

「ちょっと、情報通のフリーランスの記者に話を」

「……逆に面倒なことになってない？」

「とりあえず、今度のイベントの太鼓記事書いたら稿料はずむって話をつけました」

ほかにもなにかしら、不利にならない程度の情報は渡したのかもしれないが、一塚はすべてをつまびらかにすることはせず、話を戻した。

「たぶん、瓜生に目をつけたのも、いろいろ瀬戸際だからじゃないですか。実際、五十公野の生配信、瓜生の話をはじめてからアクセス数が桁ひとつあがりましたし、スパチャが一晩で数十万いってましたよ」

「言っちゃなんだが、たかだか後輩のタレントのつながり見せたってだけで、そこまでの話題になるのってどういうことだ？」

武藤の言葉に、一塚がちらりと瓜生を見る。前日にもこの件について話しあっていたため、こくりとうなずいた瓜生が続きを請け負った。

「……学生時代に、キス写真撮られてたんです。パーティーの罰ゲームみたいな、ノリだけのですけど」

「まさか、それアップしたのか⁉」

「生配信中に、一瞬だけですが」

五十公野と過去にいろいろあったものの、アップされた写真自体は本当に罰ゲームのときのものだった。パーティーでハイになり、瓜生だけではなく現場にいた全員で、まんべんなくキスをしていくというもの。実際には女の子もいて、かなりきわどい状態だった。

おまけに瓜生自身は手をつけなかったが、五十公野の知りあいのモデルやタレントも参加していて、成人している彼らのためにアルコールやタバコなども持ちこまれていた。

五十公野も現場が見えるのはまずいと思ったのだろう、顔をしかめた瓜生に、キスというより口をくっつけている五十公野の姿以外は、【一般人映ってるから】という添え書きをして、ぼかしたりスタンプで消されたりしていた。

「録画不可の生配信で、一瞬だけですけど……撮ろうと思えばツール使うとか、画面のスクショとかもできるし」

「最悪、画面そのものをビデオに撮られればアウトだしな」

「それですよ。っていうか、……じっさいにネットに出まわってたのはこんなのです」

フォルダから瓜生が選択したその写真自体は、ＰＣの画面をカメラで撮影したらしく、画質も悪ければ手ぶれもひどいものだった。

「正直、これじゃ誰がだれだか、だなあ」

この配信後も事務所の『五十公野担当』がチェックしていたそうで、こちらは一瞬だったため録画や撮影はできていなかったらしい。

「それに、十年前のですし、これが瓜生かって言われると……って感じですけど」

「顔、だいぶ違いますしね」

特に整形などしたわけではないけれど、なにしろ十代のころなので髪型も違えば、輪郭も違う。おまけに五十公野とつるんでいた時期だ、いろいろくさくさとしていて、我ながらよくない顔をしていた自覚はあった。

しかもこの写真では、嫌そうに眉間にしわをよせて目をつぶり、くしゃくしゃに顔を歪めている。あげく五十公野に顔を摑《つか》まれ、抵抗するように顔を背けているのだ。画質がよかったとしても本人認定するのは難しいだろう。

「ただ、瓜生が五十公野と直接の知りあいなのは事実で、その当人が『瓜生衣沙の当時の写真』って、公言しちゃっているので」

「事実関係がどうであれ、これを見た連中は信じるな」

「まあ……じっさいに、事実ではあったので……自分も反応しちゃいましたし」

うんざりと瓜生はため息をついた。さすがに見すごせず、配信があったのちのツイッターで【黒歴史勝手にアップとか、洒落《しゃれ》にならん】と、不快さを隠さないツイートをしてしまい、その後我に返って削除した。

「黙ってた方がよかったとは思うんですが」

「いや……すぐ消してるし、なにより瓜生が了承してると思われるのも困るからね」

「相手の事務所に注意しようにも、フリーなんだよな？」

部長が確認するように問いかけてきて、一塚が「そうです」と苦い顔でうなずく。

契約や、活動範囲についての見解の相違、あるいは金銭問題など、もろもろの理由でフリーランスになる者は多い。もちろんそれは個人の自由だし、そうなってからのほうが自分の望む仕事ができるということもあるだろう。

だが現在の五十公野に関して言えば、管理する相手がいない、ということだ。そして犯罪すれすれの行動をしていても、抑止力になる存在もない。

「本人に言ったって、聞くわけないし……どうすれば」

瓜生は眉を寄せるが、「逆に、だからほっといてもいいかもしれない」とマネージャーは言う。瓜生は目をまるくした。

「逆に、って？」

「言っちゃ悪いんだが、正直なところ、評判悪いうえにこの性格でフリーランスじゃあ、早晩干されるだろうし。瓜生のキス写真を多少、ＢＬいじりしたところで、本人が乗ってこないんじゃあ、すぐに腐女子の盛りあがりもなくなるよ」

「そんなもんなの？」

ＢＬの単語にいまいちピンときていない永瀬はさておき、武藤は「そうかもな」と何度もうなずいた。

「ビジネス仲良しは結局見抜かれるもんだ。むしろ、この機会に事務所のグループユニットのほう、推していくか？　いるだろ、何人か、べったり仲がいいやつ」

「いいかもしれません。話はまわしておきます」

話がそれこそビジネスに脱線しかけたところで、永瀬が手をあげる。

「それはいいとして……この、五十公野？　暴露系みたいなことやらかしたりは？」

キス写真のあたりから誰もが案じていた、核心に触れる質問。大人達の視線が、瓜生に集まる。かけられたプレッシャーに一瞬、喉を締めつけられた。

だが、ごまかしても意味はない。ここはもう正念場だと腹に力をいれて、じっと見かえす。

「……ぶっちゃけると、ガキのころ……きわどい遊びはしました」

セクシャリティにふれる発言に、彼らは驚かない。子役時代から世話になっていたこの事務所で、瓜生が遊んでいたときのことも、当然彼らは把握している。それでも、十代の終わりを目前に心をいれかえた瓜生を見守り、育ててくれていた先達であり、仕事仲間だ。

「ごく個人的な恋愛絡み程度です。法に触れるようなこととかはしてません」

だめだったなりに、ラインを引いていたあのころの自分を、いまは褒めてやりたいと思う。ぐらぐらして適当で、それでも喫煙や飲酒がバレたら、親や事務所に迷惑がかかると、そこにはブレーキをかけていた。

目のまえで違反行為をする知りあいを止めることこそできなかったけれど、臆病に上手に逃げて、だからいま、『逃げずに』いられる。

沈黙がひどく長く感じた。それでも、やましいことはないとまっすぐに見つめたさき、一塚も武藤も、そして永瀬も、その目に軽蔑を浮かべたり、失望をあらわにすることはなく、ただまっすぐにこちらを見据えている。

「……なら、よし。多少の遊びも知らなきゃあ、この業界やってけないからな」

ニッと、永瀬が笑った。固唾《かたず》を飲んでいた瓜生は、そのあたたかな笑みに目を瞠《みは》る。硬直していた背中を、誰かの手のひらが叩《たた》いた。振り返れば一塚で、この数年、一番近い位置でマネジメントを請け負ってくれた彼は、目で語る。

ここにいるのは、瓜生の味方ばかりだと。

「さて、じゃあいまのところは、本人にこっちからやんわり釘を刺す程度にしとこうかね。追いつめすぎるとこの手のはなにするかわからんし」

「それがいまのところ最善ですかね。一塚は、悪いけどまた、法務と連絡とって、報連相忘れずに」

永瀬の提案に武藤が賛同し、「了解です」と一塚はうなずいた。

「あとは、適当にアメでも与えてればいいんじゃないか。なんか仕事まわしてやれ。フリーならちょうどいいから、エージェント契約でもするか、振ってみて」

思いがけないことを言う永瀬に、瓜生は途惑い、目を瞠る。

「え……いいんですか」

「暇して腐ってるから、瓜生にちょっかいかけるんだろうし。なら忙しくさせてやればいい。

きちんと仕事できるようなら、矛先も変わるだろ」

それはむしろチャンスを与えただけなのでは。瓜生が顔をしかめると「まあ、あれだ」と永瀬はのんびりとした声をだす。

「その仕事が成功するかどうかは、あちらさん次第だしな」

「塩漬けのちょうどいいの、いくつかありますので、子会社とおして声かけてみますかね」

統括マネージャー、武藤があらためてタブレットを開き、思案する。どういうこと、とふたりを交互に見る瓜生に、一塚が言った。

「まあ、あとはこっちの話だから。きみは、対応とか考えなくていいしネットも見なくていい。ただ、しつこくアクセスしてくるだろうけど、もうしばらく我慢して、のらくらしておいて」

「……はあ」

なにやら大人は大人のやり方があるらしい。いささか恐ろしくなりつつも、こちらを護《まも》ってくれようという意思は感じたため、素直にうなずいた。

＊　＊　＊

それからしばらくして、五十公野はとあるタレント人材派遣会社と、エージェント契約を結んだと聞いた。すこし調べればそれが、瓜生の事務所の系列会社であることはわかる話だったが、本人に気づいた様子はなかった。

相変わらずSNSなどでことあるごとに瓜生の名前や写真を出していたが、あるときにユーザーから【許可取ってますか】と問われ、逆ギレして炎上。その後、エージェントのほうから訓告を食らい、謝罪文を出したものの、態度の悪さが取り沙汰されていたらしい。

瓜生自身は、それらを一塚からの報告で知るばかりとなっていた。大阪からはじまった【舞台・セキレイ】の、第二幕前編、九州公演と東京公演を行い、好評のうちに幕を閉じた。だが、続く後編への稽古にそのままはいったので、すこしも状況は落ちつかない。

むろん、合間にほかの仕事もある。【ヴィマ龍】DVD発売イベントの打ち合わせや、関連書籍のインタビュー。単発のテレビ仕事に、雑誌のグラビア撮影。

灰汁島ではないけれど、年末などどの業界も忙しいに決まっている。

そんなこんなで、五十公野どころの騒ぎではないのだ。

どころか、最愛の恋人と顔をあわせたのはもうどれくらい前か、わからなくなっていた。

連絡がつくのはメッセージアプリのみ。というのも昼夜逆転の灰汁島と瓜生では、フリータイムが重ならないので、通話はお互いのために控えようと話しあったからだ。

【先生、いきてる？】

【たぶんいきてる……早坂《はやさか》さんがきのう、差しいれにきたから、まだ実体はある……】

【自分の生存確認を他者に委ねないで⁉】

新刊の原稿にくわえ、さらに特典の原稿も増えてしまったという灰汁島は、まじめにこの一カ月、家からろくに出ていないという。

【時間とれなくてごめんね……】

【お互いさまだから、とにかく食べて寝るのだけは死守してくださいね】

もともと肉がついていると言いがたい灰汁島だ。最近はだいぶ筋トレも頑張ったので、長身に見合う筋肉もすこしついてきていたのだけれど、こんなに忙しかったらまた瘦せてしまうのではなかろうか。

【差しいれ送っておくから、受けとってください。デリのスープセット】

【ありがと～……】

寂しいだの会いたいだのの前に、生きてて！　と願いたくなる。

舞台が終われば一段落するけれど、時間がとれたら灰汁島にご飯をとにかく食べさせたい。

そして疲れた彼をねぎらいあまやかし倒して、よしよししてあげたいのだ。

昨晩、灰汁島とかわしていたメッセージをひととおり読み返し、スマホをしまう。

「とりあえず、全部終わってからだな……！」

ふんむ、と拳を握れば、頭上から「なにが？」と声がかけられる。

「あっ、水地《みずち》さん」

「気合いはいってるのはいいけども、力みすぎよくない。そんなんじゃ怪我《けが》する」

「はい、すみませんっ」

我に返れば、そこは稽古場だった。舞台本番のセットと同じ高さに仮組がされた大道具、その手前では、主人公の億岐《おき》をはじめとする主役チームの面々が殺陣《たて》の稽古をしている。

「……はい、次の相手の動き待ったらだめ！　真剣勝負してるんだから！　物語のなかのきみらは、次の動きなんか知らないいんだよ！　チャンバラごっこにしてどうする！」

「はい、わかりました！」

「もっとばーんってぶつかってきていいから！」

殺陣師と、先輩役者に叱られている仲間を見て、ガンバレ、と思う。瓜生はこの一幕での出番はなく、次の場面で水地に無謀な一騎打ちを仕掛け、そして負けるのだ。

流れは、シナリオは、決まっている。けれど本気で勝ちに行くつもりでぶつからなければ、観客は納得してくれない。

ちらりと、隣にいる先輩役者を見あげる。切れ長の目が、なに、というように瓜生を見おろしてきた。

いまの水地は稽古着に、舞台でまとうマントの代わりとして、適当な布を肩に羽織り、安全ピンで留めている。腰には稽古用の模造刀。もちろんカツラもなく、すっぴんだ。

はっきりいってミスマッチな格好で、なのに、腰をいれた立ち姿だけで王の風格だし、かっこいい。

「なに？　じっと見て」

「……水地さんにガチンコで勝ちに行っても、負けるイメージしかないです」

「それじゃだめだねえ」

「わかってるんですよ～」

最初から負けるイメージを持っていてはだめなのだ。無謀なくらいにぶつかりにいく、その気迫であたって、ボロ負けしなければならない。んぐぐ、とうなって頭を抱えていると、水地はふっと笑った。

「まあでも、この間よりは、いい顔してるかな」

「そ、そうですか？」

「どっちにしろ負かすんだけど」

「んむー！」

うまい具合に煽《あお》ってくれる、これが水地なりの空気の作り方だと知っている。ありがたいことで、けれど『面倒を見られている』事実が悔しくもあり、瓜生は座ったまま地団駄を踏むように足をばたつかせた。

（褒められてちゃ、だめだろ）

キャリアが違っても、実力が足りていなくても、板のうえでは同じなのだ。

『――はい、億岐くん下がって。次、瓜生くんはいって』

「はいっ」

マイクを通した演出の声に呼ばれ、瓜生は立ちあがる。腰には、舞台上でつける尻尾《しっぽ》と同じ重量の、ワイヤーいりのヒモをさげてある。

稽古場の真ん中に立つ、その瞬間から、重心のいれかたを変える。虎の獣人である役柄は、足の運びも人間とは違ってあたりまえなのだ。軽く、しなやかで、鋭く。けれど振り下ろす攻撃は、重く。

水地も、決められた立ち位置に足を向ける。佩《は》いていた刀をすっとかまえる、それだけで、真剣をつきつけられたような恐怖が背中を走った。

(負け――ない!)

飲まれそうになる自分を叱咤《しった》し、瓜生は床を蹴り、鋭い牙と爪のあるおのれを意識しながら、吠《ほ》えた。

＊　＊　＊

年が明け、舞台『セキレイ』第二部後編が幕を開けるころ、剣呑なニュースが世間を騒がせた。

六本木のとあるマンションで、パーティーを行っていたとする会社経営者が、違法薬物所持と、複数人での女性への暴行容疑で現行犯逮捕された、というものだ。

その『パーティー会場』は、あの日五十公野から誘いを受けたものと合致していることに気づいて、瓜生の背中に、冷や汗が流れた。

＊　＊　＊

「今日も、特になにもなし……」

一時期、うっとうしいほどに届き続けていた各種ＳＮＳの通知は、すっかりなりをひそめている。事務所や、舞台『セキレイ』の公式アカウントから、公演について各種のお知らせが出た際などは、リプライで「告知見ました、がんばって」などの応援が届くこともあるけれど、そのくらいだ。

それればかりではなく、事件発覚後、なにかしらの連絡がくるものと思っていた五十公野からは、まったく音沙汰がない。

そもそも瓜生も、あの事務所での話しあい以後、一塚から「この件は任せて」と言われ、多忙さにかまけるままなんのチェックもしていなかった。が、あらためて確認してみた五十公野のＳＮＳは更新を中断、ユーチューブは新規の動画もない。

かろうじて投稿しているツイッターも、ほとんどが仕事の情報――それも地方イベント出演などのスケジュールを、淡々と発信しているのみになっていた。

「ああ、あれ。エージェント会社のほうが、五十公野も忙しいからって更新請け負ったらしいよ」

一塚に問いかければ、あっさりとそんな返事があった。

そもそもタレント名義のSNSは、下手なことを言って炎上してはかなわないため、本人が直接発信する方がめずらしいのだ。瓜生はもともとオタクネタが受けているのと、いままでの素行からも信用が厚いため、ある程度は自由にさせてもらっている。

舞台の上演期間は告知とファンサを兼ねて、共演者たちと写真を撮ったり、それをアップすることも増えるだろうけれど、稽古と準備に明け暮れる最近は忙しすぎて、ネットになにかをアップすることもあまりない。

結局、灰汁島の新刊はあれからタイミングを逃して、開けていないままだ。いままでなら移動時間や休憩の合間を縫って、発売から三日以内には読んでいたのに、どうしても新作を読む気になれない。

あの日、五十公野の件で出鼻をくじかれ、読みはぐってしまった記憶が逆にこびりついていて、本を開こうとするたびにそれを思いだしてしまうのだ。

とはいえ灰汁島の本からずっと離れているのはつらすぎて、過去作を順繰りに読み返してはいるのだけれども。

(感想一番乗りで、言ってあげられなかった)

もう発売して二カ月は経《た》ってしまい、各所にレビューすらあがっている。もちろん灰汁島のツイッターにもたくさん、リプライでの感想やコメントが届いていた。

いつもなら、誰より早くいいねとリプライをつけていたのに。いまはネタバレも怖いし、自分の勝手な都合で読めずにいるのも悔しくて、『孤狐《こぎつね》』のアカウントすらログアウトしっぱなしだ。

灰汁島はもともと、あまりレビューや書評を見るタイプではないし、感想も、くれば嬉《うれ》しいけれどこなければ病む、といった性質でもない。基本的にネットではぐだぐだとした愚痴を吐きだしたりはするけれど、リプライで積極的に交流したり、慰めを期待して言っているのでもなく、ただ壁打ちにしているだけのタイプだ。

それでも、彼は彼なりに、ファンをとても大事にしているし、気にかけている。この十年熱心に感想を送り続けていた『孤狐』が反応すらしなければ、どうしただろう、と気にすることはわかっている。

だから、自分が灰汁島を煩わせてしまうのではないかと思えば、どうしようもなく申し訳なくて、灰汁島には新作を読めていないことを謝罪した。

――忙しいでしょう？　そんなの気にしなくていいから、いつでも読めるときに読んで。

やさしい彼は案の定、許してくれたけれど、許させてしまったこと自体が、瓜生にはひどく申し訳なく、情けなかった。

それでも、いまのわだかまりが消えない限り、あの本を読む資格が自分にはない、そんな気がするのも事実だ。

（どうやって、区切りをつければいいんだろう）

このさきもずっと五十公野が沈黙しているかどうか、知るすべはない。

一塚に訪ねてみても、最近は特に動きがないと言うばかりで、はっきりしたことがわからない。

「地方仕事が多いし、単に忙しいんじゃないかな」

本当にそれですむのか、終わってくれるのか。わからないまま、瓜生は日々の忙しさに飲みこまれ、気づけば『セキレイ』後編の舞台上演日程も、終わりに近づいていた。

＊　＊　＊

訪れた、舞台『セキレイ』後編の千穐楽。ネット配信にライブビューイングもあるため、ふだんよりもカメラの台数が多い。ＤＶＤや配信特典用のオフショットを撮るため、スタッフは常にカメラをまわし続けている。

そんな緊張状態が続くなか、瓜生はひとり、別方向のベクトルで緊張していた。

【最終日だけど、観《み》にいけそうなんで、ソワレに行くね】

灰汁島からそんなメッセージが届いたのは昨晩。なんでも、こっそりとチケットは取っていて、けれど原稿の進捗次第では会場に行けるかわからないため、瓜生には内緒にしていたのだそうだ。

【無理そうだったら、早坂さんがチケット引き取ってくれる話になってたけど、なんとか無事に脱稿したので！】

頑張ったので、頑張る瓜生を観にくる権利を獲得したと、そんなふうに続いたメッセージに、正直いって泣きそうになった。

けれど灰汁島が観にくるなら、腫れた目をさらすわけにはいかないと、根性で涙はひっこめる。

【手配する暇なかったんで、お祝いのお花は直接持っていくから、受付に預ければいいかな】

そう言って、こっそり観てこっそり帰ろうとする灰汁島に、受付時に名乗ってもらえればスタッフが楽屋へ案内するから、と伝えた。悪いよと言うけれど、むしろ会いにきてほしい、わがままを言わせてほしいとごり押しして、約束をとりつけたのだ。

そうしてついさっき、受付に灰汁島が花を届けてくれたのを知った。終演後に再度受付で声をかけてもらい、楽屋に案内する旨をスタッフに告げられている。

（はあ、緊張……）

なにげに、灰汁島が直接舞台を観にくるのはこれがはじめてだったりする。さほど広い劇場ではないので、目がいい瓜生はおそらく、客席に恋人の姿を見つけるだろう。テンションを振り切りすぎて変なことにならないよう、気をつけなければ。

「――瓜生くん、そろそろ時間」

「あ、はいっ」

同じ楽屋にいた億岐に声をかけられ、瓜生は貴重品ロッカーへとスマホをしまいこんだ。最後に姿見で、衣装とメイクをチェックする。腰のうしろにはワイヤー入りの尻尾の重み。カツラと一体化した虎耳も、浮きあがらずマッチしている。縦長の瞳孔をした、金色のカラーコンタクトごしに見る自分の姿は、見事にファンタジー世界の住人だ。

廊下に出て、舞台袖に進む。客席の照明も落とされ、薄暗いそこには、長髪にマントをたなびかせる水地の姿があった。

目があっても、もうふだんのように声もかけてこず、笑いもしない。ああ、はじまっていい、いるんだなと、瓜生も表情を引き締めた。

ゲームのオープニング音楽を、舞台用にアレンジした曲がかかる。真っ暗ななかにスポットライトがあたり、ひとり、ふたりとメインキャストが舞台上へ進んでいく。

瓜生は主人公パーティー最後のひとりとして、センターからV字に並ぶ末端に。そして水地はステージ背後の、高台になったところへとひとり現れる。

『これは、世界を救うためあがくものたちへ、終わりを告げる物語――』

じわじわとテンションをあげていく音楽にあわせ、ナレーションが読みあげられる。朗々とした声を発するのは、最大の敵である水地演じる王。

そして、彼がその台詞《せりふ》を口にしはじめたとたん、正面を向いていた瓜生らは一斉に背後を振り返り、剣を、拳を、魔法の杖を高くあげ、敵対者を睨《ね》めつける。

『そして、運命を阻むものたちへと、はじまりを叫ぶ物語！』

ひとり、孤高に長台詞を終えた水地へ挑むように、億岐を中心にした瓜生ら若手が、群唱で反撃の声をあげる。音楽は高まり、ひときわ、強い光が舞台を照らし、どおんという音と同時に暗転。

戦いの火蓋を切って、舞台は幕をあげた。

＊　＊　＊

夢中で、叫び、嘆き、戦い、歌い踊って、倒れ――暗転のなか、王に向かって牙をむいた若い獣人の戦士は、大けがを負って退場する。

『首洗って待ってろ、次は絶対……！』

喉が裂けんばかりの絶叫を残し、兵士に担ぎ去られる。疵《きず》だらけのこちらと違い、水地の演じる王は涼しい顔のまま。彼はこの物語の終焉《しゅうえん》まで絶対最強の敵として立ち塞がり、物語は第三幕に続いていく。

下手《しもて》にはけると、めまいがしてふらつく。駆け寄ってきたスタッフが、舞台上に響かないよう無言でタオルとスポーツドリンクを差しだしてくれた。ぜいぜいしながら受け取り、まだ幕が下りきっていないため、声は出さずに目顔で礼を言う。

今回の舞台での、瓜生の出番は終わった。あとは最後の戦闘シーンののち、エンディングを迎えて、カーテンコールの挨拶《あいさつ》をする瞬間まで、出る幕はない。

物語が終幕に至るまでは気が抜けないけれども、ステージ裏に引っこみ、スタッフ用に舞台を映しているモニターの周囲に陣取る。冷えたドリンクを喉に流しこみ、汗ばんだ顔にタオルとアイスパックをあてて、しばしの休憩をとった。

（……ひとまず、終わった）

役に集中しているときは、瓜生本人としての感覚はどこか切り離されたようになる。そのため意識から除外していた視覚情報が、いまになってどっと脳に流れこんでくる。

二階席の後方、端っこの席で、長身を縮めるようにして座る灰汁島の姿が、はっきりと見えていた。けれど芝居のなか、瓜生演じる獣人の戦士が視線を送るさきは決まっている。そのため、目をあわせるようなことはできなかったけれども、じっと真剣に見守る彼の姿は視界の端に映っていた。

（楽しんでくれたかな）

高揚感と満足感。いつも舞台が終わったあとに感じるそれにくわえて、不思議な感慨が身体《からだ》を満たしている。

おそらくそれは、あの十代の秋、はじめて灰汁島の本にふれた感動を、彼にほんのすこしでも返せた気がしたからだ。

静かに大人しく、見てくれていた。それでも瓜生がピンチのシーンには肩に力がはいり、ときどきは大きな手で、目元をおさえているのも見えた。

大事なものは全部、灰汁島の本に教わった。同じくらい、いま瓜生が大事にしているもので、彼のなにかが動いたのなら、こんなに嬉しいことはないのだ。

「瓜生さん、ぼちぼち」

モニターで進行を見ていたスタッフが、小声で促してきた。疲労と酸欠でぼうっとしていたらしく、気づけば割れんばかりの拍手が客席から届き、舞台上の全員がはけてきている。

「お疲れ――」

「まだ早いよ」

椅子から立ちあがり、声をかけようとした瓜生を、水地が静かに制する。彼もまた汗をかいてはいるけれど、スタッフに差しだされたタオルを一瞬、顔と首に押しつけたのちには、もう舞台開始時と同じほどに整って見えた。

「終わるまでは、終わりじゃない」

「……はい！」

夢を見せた舞台に幕を引いて、はなむけの拍手で送られるまで、気を抜けない。うなずき、水地に続いた瓜生の背に、共演メンバーでも主役チームの面々が次々と、背を叩き、肩をつかみ、そうして一緒に歩きだす。

ステージに戻ると、もうそこは劇場のライトが灯されて、客席も舞台上も等しく明るい。スタンディングオベーションをする観客ひとりひとりの姿が目に飛びこんでくる。泣いているひと、微笑《ほほえ》んでいるひと、それぞれをぐるりと見渡した瓜生は、この瞬間だけひときわ目立つ、長身の彼にほんのコンマ数秒だけ、視線をあわせた。

上演中の暗いなかでは気づかなかったけれども、灰汁島はメガネをかけていた。気づいた瞬間、頬の内側をぐっと噛《か》んで、テンションを押さえこんだ。

（メガネ！　先生！　メガネ似合う！　えっあんなの持ってた？　観劇用？）

服は、以前一緒に買いに行って選んであげたうちの一着。というより知りあってからの外出着はすべて、瓜生がコーディネイトしている。オシャレで背の高いイケメンに、隣の席で拍手をする女性が、舞台より灰汁島をちらちらと見ているのに気づいて、ふたたび瓜生は頬肉を噛んだ。

せて首をかしげていた。

（あとで、おはなし、しましょうね）

目があった灰汁島に、ニコ！　と笑みかければ、彼の周辺がわあっと沸《わ》く。けれどじっさいに視線を向けられた本人は、なぜ圧を向けられたのだかわからず困惑したように、眉を寄せて首をかしげていた。

＊　＊　＊

スタッフには事前に、観客に退場を促すアナウンスがはいるよりさき、灰汁島を呼びに行くようお願いしていた。

幸い、後部座席の端と目立たない場所だったため、声がけをして楽屋にきてもらうのもむずかしくはなく、長身のラノベ作家は比較的すんなりと、バックステージへと案内された。

「灰汁島先生、お連れしました」

楽屋の入り口で声をかけたスタッフの背後、すこし猫背気味の灰汁島が「どうも」とおずおず顔をだす。瓜生は飛びあがるように出迎えた。

「先生！　きてくれてありがと！」

「……えっと、お疲れ様です」

終演後のバタバタした楽屋は、運びこまれたプレゼントや着替えた衣装、メイク道具などで雑然としている。出演者たちもついさきほど座組解散の円陣を組んだばかりで、着替えているものはすくない。

「じっさいにこられるかわかんないから、直前で連絡いれることになってごめんね」

「とんでもないです……！　はじめて観にきてくれて、ほんとに嬉しいです！」

「あとこれ、お花……預けておいたんだけど、直接持っていってくださいって、スタッフさんが」

「わあ、ありがとうございます……！」

大ぶりなオレンジのバラをメインにした花束は、華やかでかわいらしい。「フラワースタンドとかは、やっぱり手配間に合わなくて」と恐縮する灰汁島に、かまわない、と瓜生は首を振った。

「あとあの、共演の皆さんにも、と思ってこれ」

ごっそりと、けっこうな数の菓子がはいっていそうな紙袋を灰汁島が手渡してくる。

「ギモーヴです。役者さんに乾き物のお菓子は、水分奪うし、喉を乾燥させるんでよくないって聞いたから……」

理由はそれこそマシュマロは喉によいとされているから、だそうだ。

「うわ……ありがとうございます！　あのー、皆さんにってこれ、灰汁島先生から！」

気遣いに感激しつつ、瓜生は振り返って、楽屋にいた面々に向け、声をかける。なんとな

く興味津々でありながら様子をうかがっていた共演者たちは、そのひとことでわらわらと寄ってきた。

「え、なになに、灰汁島先生？　って『ヴィマ龍』の？」

「うわ～瓜生くん仲良しってガチだったんだ、やっぱり」

「大量ですねこれ、差しいれって全員分ですか？　ありがとうございます」

「なあ、誰か水地さんたちのほうにも声かけてきて」

「おれ言ってくる。あっ先生！　あとでサインください！」

「あ、おれもおれも」

一斉にわっと声をかけられ、灰汁島が一瞬で硬直した。

ふだんから二・五次元舞台に出演することの多い共演者たちも『ヴィマ龍』のアニメを見た、原作を読んだという者たちが次々希望してきて、ちょっとしたサイン会のようになってしまった。

「さ、サインって言われても、どう――」

「あっ大丈夫、ここのメンバー全員、瓜生くんのおすすめで先生の本持ってます」

にっこりと、主人公にふさわしく爽やかで明るい笑顔の億岐が「じゃーん」と文庫を取りだす。アニメ開始と同時に出た新装版『ヴィマ龍』初版に、灰汁島が声を裏返した。

「はい!?　嘘《うそ》でしょなんで!?」

「嘘じゃないっすよ～！　面白かったです！　アニメも配信で見ました！」

楽屋にはそれこそ、役者たちが頼まれていたサイン用に色紙もサインペンも大量にある。すっとそこから一枚抜く者、億岐に続いて鞄から本当に文庫を引っ張りだしてくる者、めいめいにはしゃいで灰汁島を囲んだ。

「えっちょっ……な、なにこの状況」

「あはは～さすがに座組全員じゃないけど、この楽屋の顔ぶれには布教済みです」

「文庫買って渡されたんで、さすがに読まないのも」

「あっ、おれはもともとアニメ見てましたよ！」

集まった者はまだ全員着替え終えておらず、衣装のままであたふたする灰汁島を取り囲む。西洋ファンタジー風の鎧《よろい》騎士やカソックにストラの祭祀《さいし》風長衣など非日常な姿ばかり。そこに、いかにも文系草食男子、と言った体の灰汁島がいる。

「うわ～……絵面が愉快」

にこにこと笑う瓜生自体が、狩人スタイルに虎耳虎尻尾であるのだが、敬愛する灰汁島がサインをねだられている姿を見て喜ぶあまり、おのが姿は頭からすっぽ抜けていた。

そうして瓜生が悦にいる間にも、灰汁島の囲みははがれないまま。

「やった、サインもらった。自慢していいですかね？」

「ヴィマ龍、舞台にならないですかね？　おれ出たいです」

「誰で出る気だよ」

「サヴマ、かわいくて好きで……ショタキャラがんばるから……」

「いやおまえサヴマはサヴマでも龍のほうだろ。身長考えろや」

「ひってえ」

「先生、写真撮っていいすか？　みんなでさ」

圧倒的コミュ力の塊な人種、しかも舞台がハネたあとのハイな状態の俳優に詰められ、灰汁島はかなり引いていた。

「しゃ、写真は勘弁してください……」

「あ、アップだめですか？　でも記念に」

「い、イケメンにこんな囲まれるのちょっと、モブとしては、つら」

「えぇ⁉　待って先生こそイケメンじゃないですか！」

「か、勘弁してください～……っていうかぼくが、ぼくが感想を言う番では⁉　本日は観客なのですが！」

「えっそれはむしろ文章で書いてほしいかも！」

情けない声をあげた灰汁島に、誰もが笑った。もともと押しが強くひとに対しての距離が近い顔ぶればかりで、シャイな作家はめずらしかったらしい。ある種図々しく「ガチめの感想文読みたいです」などとリクエストしているが、この界隈でも「爽やか主人公といえば億岐」と言われる億岐隼也《しゅんや》の輝く笑顔に、灰汁島はひたすらうろたえるだけだった。

（……先生、こういう人種にけっこう好かれがち？）

自分で放りこんでおきながら、推しが愛され状態であることにご満悦でニコニコとしていた瓜生は、しかし楽屋の外からあまり、嬉しくないにぎやかさが近づいてくることに気づいた。

「――いや、でもあの、本当にお約束されてたんですか？　聞いてませんけど」

「なんで？　さっきも関係者以外、案内してたじゃん。平気だって」

強気で傍若無人な、あの声。なんでとは、こちらが聞きたい。瓜生はさきほどまでの高揚感が一気に冷え込んでいくのを感じた。

灰汁島をかまってはしゃいでいた顔ぶれが、ふっと表情をあらため沈黙する。状況のわからない灰汁島だけが目をしばたたかせ、瓜生を見た。

（けっきょく巻きこむのか、このひとを）

それだけは避けたかったのに。ほんの一瞬ではあるが、泣きそうな顔になった瓜生を、灰汁島が驚いた顔で見おろす。

「あ――」

彼が、なにか言おうとしたそのとき、五十公野がついに楽屋にはいりこんできた。

「よお！　お疲れさん！」

一瞬、その場の温度がすっと下がったような感覚があって、けれどさすがに皆、役者だ。誰か呼んだ？　呼んでない。全員が一瞬でアイコンタクトをしつつも、にこやかに笑って先輩役者を迎えいれた。さすがの胆力で、最初に声をあげたのは億岐だ。

「……おっす五十公野サン～！　観にきてくれたんすか」

「ありがとうございます～！」

「あ、これ差しいれな。みんなでどうぞ」

「わー、ありがとうございます」

代表で受けとった共演者が、「いただきました～」と菓子箱を掲げてみせる。わあー、とはしゃぐ声。だがさきほど灰汁島が同じことをしたときとのテンションの違いは、その場にいる人間にはあからさまなほどだった。

この男は、灰汁島が案内されるのを見てとり、うしろについてきたのだろうか。

（いや、でも、客席にはいなかったはず）

ならばどうやってここまではいりこんだのか。突然すぎる出来事に不気味さすら感じ、冷や汗を浮かべた瓜生が硬直していると、灰汁島がぽつりと「あのひと……」とつぶやく。

「せ、先生なにか？」

「いや、さっきぼくが楽屋に案内されて、会場の外通ってくる途中で見かけた気がします」

「なっ……？」

それでは完全に、裏口から無理やり紛れこんできただけではないか。

この劇場のバックステージは、客が入場するのとはまったく別の入り口、それも一度外の専用通路を通ってからでないとはいれない造りになっている。関係者が出入りする目隠しになるようパーティションも立てられてはいるが、五十公野のように劇場を使ったことのある人間には、どこから潜りこめばいいのか、たやすくばれてしまう。

（でも、そこまでするのか。なんのために？）

どうしてここまで執拗に絡まれるのか、意味がわからない。突発事項に対応できずにいる瓜生の代わりのように、主人公でありチームリーダーでもある億岐が、笑いながらも目を鋭くして問いかけてくる。

「いや、ひさしぶりですねえ。……ってか、観てくれてたんすか？　気づかなかった」

「あ、いや？　芝居はべつに観てねえから。終わるころ見計らってきたんで」

「……え？」

じゃあなにしにきた。さすがに聞き捨てならず、億岐すらも笑みを引っ込める。

「まあ、そんなんいいじゃん。っていうか久々だしさあ、写真撮っていいだろ？」

「ちょ……いや、待ってください」

「ウェーイ！　ほらこっち」

手近にいたひとり、小柄な神官役の青年の肩を強引に摑んで、スマホのカメラをかまえる。

さっと顔色を変えた億岐が「ちょっと待って」と長身を活《い》かして手をかざした。

「……なに、邪魔して」

「いや、五十公野さんそれネットにあげたりしますよね？　うちの事務所そういうのうるさいんで、困るんですよ」

億岐が背に庇《かば》った神官姿の彼は、億岐の後輩で、今回の舞台での最年少だった。まだ十九歳と若く不慣れで、五十公野のようなタイプに絡まれたら逆らえない。

「はぁ？　なにそれ。おれと写真撮るのいやだっつの？」

「撮るのはいいですけど、あとで勝手に使われるの困ります。……瓜生の件、おれらも見てますよ」

「……あ？」

億岐のきっぱりとした言葉に、五十公野は『よき先輩』の皮を一瞬で脱ぎ捨て、瓜生を睨めつけてきた。億岐が、しまった、という顔をする。詫びるような目で見られ、かまわない、と瓜生はかぶりを振った。

(でも、そうか。……やっぱり知ってたんだな)

この舞台の公演中、前編後編通して、瓜生は五十公野の件を誰かに愚痴ったりしなかった。巻きこみたくもなかったし、そんないやな話でせっかくの舞台のテンションを落としたくもなかったからだ。

(億岐も……みんなも、同じか)

同様に、瓜生がその話題を避け、また嫌がっているのも気づいていた彼らも、ふれずにいてくれたのだといまさら知る。ありがとう、と目顔で伝え、だがすべての元凶である男には、そんな思いもなにも、通じない。

「なに？　チクっちゃってんの？　瓜生。おまえひとの仕事邪魔してるだけじゃなくてそういうことすんの？」

「邪魔とかなにも、そんな」

「おめーの事務所だろうがよ、いらねえことばっかしてんのは！」

ガン！　と音を立て、五十公野が椅子を蹴った。暴力の気配にその場の全員が殺気立つ。瓜生は咄嗟《とっさ》に、灰汁島のまえに出た。どうにか、彼だけは巻きこまれないようにしなければ。

「は、なにその顔――」

瓜生と灰汁島を交互に睨《ね》めつけ、歯を剝《む》きだしにした五十公野がなおも、なにかを言おうとした、そのときだった。

「……おーい、若い衆。やかましいよ？」

ひょこりと顔を出したのは、最年長の水地、そして百世《ももせ》だ。硬直していた空気を壊すのんびりとした声に、場の全員がはっとなる。

「つうか、なんなのこの密集空間。……あと部屋きったないなあ」

「あ、あはは、すみませんっ」

散らかり放題といった楽屋の様子に百世が苦笑する。億岐は慌てたようにごまかし笑いをし、そのついでにそっと、背後の後輩を押しやった。

「あ、そちらが灰汁島先生かな？　ぼくらにまで差しいれ、ありがとうございます」

「え、あ、いえっ。つ、つまらないものですが」

如才ない百世がにこりと灰汁島に笑いかける。同時に五十公野についてさりげなく無視していることに気づき、当人と瓜生が顔を歪めた。

張りつめた空気はまだ漂っている。だというのに、声を荒らげた当人にいっさいふれず、水地は飄々《ひょうひょう》とした風情で若手たちをたしなめた。

「いただきもの食べるなら、ここじゃお茶も淹れらんないだろ。あっちの控え室行きなさい」

「あと、食べたら早く着替えすませて。バラしはじまるよ。急いで急いで」

すでにメイクを落とし、私服に着替えた彼らに手を叩いて注意され、その場の全員がいっせいに動きはじめた。億岐はまっさきに、後輩を庇うようにして楽屋から押しだしていく。

「はーい！」

「すみませんっ」

やたらよい子の返事をする面々に「子どもか」と苦笑して、水地はちらりと瓜生を、そして次に、顔をだしたばかりの五十公野を見る。静かなまなざしにどきりとした。

「……瓜生くんも、おともだちとの話は、手早くね」

水地はなにかを察してはいただろうけれど、それだけを言ってきびすを返した。百世はすこし案じるような表情を見せたのち、困り顔で笑ってひらりと手を振り、背を向ける。

場に残ったのは、瓜生と灰汁島、そして五十公野だ。

「……どうやって、ここに」

おそらく、関係者入り口までは灰汁島をつけてきたのだろうけれど、それだけではいりこめるものではない。あらためて問う瓜生に、五十公野はこともなげに言った。

「ん？　顔パス。だっておれ、お仲間だから」

今回の共演者のうち、五十公野と舞台で共演した顔ぶれは数名いる。また瓜生自身が知人であるというのは、出身校などのデータからネットでも有名だ。その誰ひとりとして関係者席に呼んでいない事実が、本来の人間関係を物語っている。

だがそれも内々の事情でしかない。さまざまな人間が出入りする舞台の楽屋裏は、ファンや不審者に対してはむろん厳しいガード体制をとっているが、『顔の知れた同業者』に対してはむずかしい。

まして、外部の灰汁島を案内した直後だ。劇場のスタッフでは、『五十公野亮』が差しいれを持ってきたとして、はねつけることができるかといえば、難しい。アポがないと言っても、連絡が悪かった等の言い訳をされれば終わりだ。

「それで、なにしにきたんですか」

「ご挨拶？」

だからなんの。瓜生は剣呑になる自分を止められないまま、またも無意識に灰汁島を庇おうと一歩前に出る。気づいたように、五十公野がにたりと笑った。

「連絡しても返事よこさねえし、パ、ー、テ、ィ、ーはぶっちするし。お話するにはこれしかねえじゃん」

「お話？」

瓜生の頭に、ニュースの見出しが浮かんだ。ぎらぎらした目をしている五十公野は、あの事件に本当に関わっているのだろうか。疑惑の目で見ていると、すさんだ目をした五十公野が鼻で笑う。

「まあ、つってても逆に助かったけどな。どうでもおまえ連れてくるまで会場にくるなって言われて、蹴りだされてたおかげで、おとがめナシだったし」

「……っ」

やはり、あの事件現場と五十公野はつながっていたらしい。逆恨みを晴らしにでもきたのかと警戒して顎《あご》を引く。

「つか、おかげさまで最近さあ、いろいろ新しく仕事まわしてもらったりしてんだわ」

「……はあ」

「なんか変だなと思って調べたらさあ、おまえの事務所の系列だったたって？　いやあ、ありがたいよなあ、ほんっと……」

さきほど、邪魔をしたと激昂《げっこう》したくせに、今度はヘラヘラと笑う五十公野の真意が知れず、瓜生はあいまいにうなずいた。

実際、宇治木プロダクション子会社とエージェント契約した五十公野には、以前に比べてもきちんと仕事がはいるようになっている。

ただ――あの日の会議室で統括マネージャーの武藤が「塩漬け」と言っていたとおり、あまりぱっとしない仕事も多かった。

地方催事のゲストや、個人イベントの盛りあげ係。しかも毎度、『元アイドルの』という枕詞をつけたうえでの扱い。いまの五十公野にネームバリューはほとんどなく、そうとしか売り込めない部分もある。

だが、下積み仕事は、誰でもやっていることだ。瓜生も売れない時代には、オーディションすら受けられず書類選考で落ちたり、声優の仕事をもらって現場に行って、ひとことしか台詞のないモブだったり、舞台の裏方スタッフのような仕事もこなした。

それでも、瓜生には目標と夢があった。いつか、と思えば頑張れた。

十七で、ふらふらしていた自分と決別して、いつか灰汁島の作品に携われたら、それにふさわしい演技ができたらと。

すくなくとも、与えられた仕事をまっとうしないような『新人』に、次を任せようとするものはいない。それだけは、瓜生も身に染みて知っている。

（積み重ねなんだ、ぜんぶ）

だが、同じ時期がアイドルとしての絶頂期であり、そのまま、いまに至るまで落ちていくしかない五十公野は、果たしてどうだろう。

十代のほとんどをちやほやとされるまま、芸を磨くよりモテる自分を意識するばかりで、いままで過ごしてきた男が、そういう仕事を受けいれられるものだろうか。

問うまでもない話だった。答えは、睨めつけてくる五十公野の陰湿な目に、現れていた。

「よけいなことしやがって。おまえがあの日、大人しくきてりゃあ、オイシイ仕事もらえるはずだったのに」

「……逮捕された相手にですか」

ぎらぎらした目で責められた、その言葉の意味するところを理解したくない。かすれそうな声を絞りだし、瓜生は言った。五十公野は、鼻を鳴らして不快をあらわす。

「んなの、たいしたこっちゃねえじゃん。どうせ下っ端がかぶって終わるし？」

「被害にあったひとがいるのに⁉」

「だからなんだよ、名前も知らねえやつがどういう目にあおうが、おれに関係ねえよ」

なにを言っているんだろうか。女性が被害にあって、その片棒を担いでいるのに罪の意識もない。

そしてそれを成せなかったと、堂々となじってくる神経。意味がわからない。

(このひと、ここまで壊れてるのか)

なんだか、目のまえの男が恐ろしくおぞましいものに感じられ、瓜生はめまいがした。無意識にたたらを踏むと、背後に大きな手が添えられる。灰汁島の手だ。支えるようなそのぬくもりに、泣きたくなる。

巻きこみたくないなら、さきほど億岐たちが出ていった際に、彼も逃がしておけばよかったのだ。タイミングと立ち位置の問題でできなかったにせよ、ここまで関わらせるつもりもなかった。

(先生、ごめん)

いま五十公野から視線をはずすことはできず、振り返ることもできないまま、瓜生は唇を噛んで内心詫《わ》びる。こわばる背中に添えられた手が、わかっている、というように幾度か、さすってくれる。

「……それで、いったい、なにが言いたいんですか。いまさら、終わったパーティーにこなかったこと責められたって、どうしようもないですよ」

とにかくいまは、目的を知らねばならない。もう一度向き直った五十公野は、しかしまた瓜生の予想もつかない話をはじめた。

「まあ、終わったこたぁいいよ。……いやがらせみてぇに安い仕事ばっかまわして、どういうつもり」

「え？」

続く恨み言がまた、ひどくちぐはぐなことに、また混乱する。

「誰が仕事紹介してくれなんつったよ。しかもあんな、ザコいのをよ。なんだと思ってんだよおれを」

「おれが手配したわけじゃ」

「んなこたどうでもいいだろうがよォ！　どういうつもりだって訊《き》いてんの！」

また椅子を蹴った五十公野が、吐き捨てるように言った。瓜生が紹介したわけではない、などと言っても、いまの彼には意味がない。現状の『五十公野亮』には、彼がザコだと言うレベルの仕事しか、まわしようがないなどと、彼の知りたいことではないのだ。

理屈の通った話をしにきたのではなく、ただ憤りをぶつけるさきが欲しいだけ。そして、なぜかは知らないが、瓜生を「そう扱っていい相手」だと思いこんでいる。

「どういうも、こういうも……本当に、おれに関係ないです」

「ないわけねえだろ！　舐めくさってんじゃねえぞ！」

話が通じず、ますます混乱する。しかも一連の話の流れからすると、『パーティー』に瓜生が行かなかったことそのものよりも、不服な仕事をまわされたことについて恨み言を言いたい気持ちが大きいらしい。

(でも、あんな、犯罪に絡んでたのに？　口止めでも、意趣返しでもなくて、仕事の文句？　いったい、どういう神経なんだ)

本当に五十公野の考えていることがわからず、瓜生は頭が真っ白になってしまった。

「じゃ、どうしろって言うんです……」

「てめえが考えろよ、わかるだろうがよ」

「わかんないから訊いてるんですよ！」

ぎりぎりとにらみ合うふたりに、間延びした声がかけられた。

「……あのー。ほんとになにしにいらしたんですか？」

「あ？」

「横からすみませんけど。あなたの言ってること、整合性とれてなさすぎなので」

「なんだと⁉」

ぎろりと五十公野が、瓜生を睨む。剣呑な目線から庇おうとする瓜生の肩にそっと手を置いて、灰汁島は言った。

「いや、だって、千穐楽《せんしゅうらく》ですよ。お祝いにきたんじゃないなら、なにしにきたんですか」

そのときになってはじめて、背後の存在に気づいたように、五十公野が視線を灰汁島に向ける。そして上から下まで検分するように眺めた後、不愉快な表情もあらわに鼻で笑った。

「……あんた、灰汁島セイ？」

「あ、すみません、初対面のひとに呼び捨てされるの、あまり得手ではないです」

キリキリとした五十公野に対し、灰汁島はマイペースだ。そして、案外すっぱりと言う彼に、瓜生はひそかに驚いていた。

（え……先生、どうしたの）

繊細で、心弱いところもあって、ひとが苦手で、コミュニケーションが不得手。

そんな灰汁島は、五十公野のような男相手には、怯《おび》えてしまうのではないかと思っていた。

だが、瓜生の肩に置かれた手にも、背後から聞こえる声にも震えやおののきは感じない。

そっと振り返り見あげれば、いつもどおりの灰汁島がいる。

怯えている様子も、激昂したような気配もない、穏やかでおっとりした、いつもの灰汁島。

その彼が、静かなやわらかい声で、淡々と指摘する。

「事務所のお仕事に不満があるなら、ふつうに事務所の方に言えばいいのでは？　本人もさっきから言ってるように、所属タレントさんにそんな裁量権はないと思います」

「はぁ!?　事情も知らねえくせになに言ってんだよ。コイツがクソみてぇな仕事まわしてるに決まってんだろ！」

「……だって。そんなこと、した？」

静かな灰汁島の問いに、瓜生は「ない」とかぶりを振った。

たしかに事務所サイドは、こちらに絡む暇もなく忙しくなるように、地方の仕事を多めに振っているところはあるとは思う。だが——彼曰くの『クソみてぇ』な仕事程度しか、まわせるものがないのも事実なのだ。

「それと……まわされた仕事とかとべつに、オーディションとかふつうに受ければいいし、自分でそれをやりたいって言えば、とおると思う」

じっさい瓜生も、ぱっとしない時代にはマネジメントに力をいれてもらえず、自分で探して片っ端からオーディションを受けるなどした。あの事務所はタレントの熱心さを買ってくれる部分もあるので、それが事務所の利益や契約に反したりしない限りは、活動に制限をつけたりはしない。

灰汁島の目を見てそう告げると、なるほど、と彼はうなずき、五十公野に向き直った。

そして、よりによって、という発言をする。

「だ、そうですが……オーディション受けました？　えーと……あれ、お名前なんですか？」

「な……？」

灰汁島の言葉に、五十公野の顔が赤黒くなった。瓜生はさきほどまでの緊張感の反動で、ヒステリックな笑いがこみあげてくるのを感じ、吹きださないようにこらえるのが精一杯だった。

よりによって、この自意識の高い男に対して、『お名前なんですか』。無自覚の煽りにしても、これ以上クリティカルヒットを食らわすものはない。

「せ、先生、ちょっと、それは」

「え？　だって初対面ですし。紹介されても、名乗っていただいてもいませんし」

これが嫌みでないから困る。基本的に灰汁島は引っ込み思案で人見知りで、できる限り顔を隠しておきたいタイプなので、めったなことでは仕事絡みでも顔出しNGだ。よって紹介されたりしない限り、顔を見ても彼が『灰汁島セイ』だと気づく人はすくないし、そういうものだと思っている。

だが、役者やタレント、自分たちのような仕事につく人間にとって、「顔を見て誰だかわからない」と言われるのはなさけない話だ。

まして、元アイドルとしてテレビに出まくり、喝采を浴びたことのある五十公野には相当な屈辱だろう。

「ば、……かにしてんのか、てめぇ！」

「ちょっと！」

イラっとしてつかみかかろうとする五十公野を、さすがに押し返した。それでもまだ拳を振りあげようとする男に、殴られるのを覚悟で止めにはいった瓜生は、しかし思いがけない声に助けられる。

「……きみたち、いつまでやってるの」

冷えきった声をかけてきたのは、さきほど出て行ったはずの水地だった。ベテラン俳優の視線と声に、五十公野もひゅっと息を呑《の》む。

「きみね。アポなしで押しかけて、こんな場所で揉《も》めごと起こして、なにがしたいの。ぼ、ぼくの立った舞台の評判落とすつもりかい」

「いや……その……」

じろりと五十公野を睨むそれが、尋常でない迫力だった。伊達にこの業界で長くいるわけではない。五十公野はとたんに勢いをなくし、拳をさげて肩を落とす。

瓜生がほっとしたのもつかの間、水地の冷ややかな目はこちらにも向けられた。

「瓜生くん、さっき言ったよね、手早くって。バラし、はじまるって。いつまでもそこでグダグダやってたら、他の子たち着替えも片づけもできない」

「すみません！」

水地の背後には、困った顔の億岐たちがおそるおそる様子をうかがっている。心配そうな顔に向けて、灰汁島は表情で詫びるしかない。

「とにかく、さっさと着替えて、片づけをはじめなさい。それとも……劇場の時間使用料、きみたちが払うかい？」

「申し訳ありません……！」

凍りつくような水地の目は、どう考えても本気としか思えなかった。実際には撤収に時間がかかっているし、瓜生が劇場の使用料を負担させられる、などということはないだろうけれども、ここまで他人に迷惑をかけては、各所から叱責《しっせき》をくらうのは間違いない。

「このことは一応、話を通しておく。ひとのいるところで揉めない。スタッフさんたちに迷惑かけない。わかったかい？」

「はい……」

「じゃ、さっさと着替えて撤収！」

その場にいた全員がしおしおとなり、厳しくも正しい水地によって強制的に解散となる。

気づけば五十公野はその場からいなくなっていて、理不尽さは覚えたものの、疲労のひどい瓜生はそれを追及できるような気力もなかった。

＊　＊　＊

その後、もともとの予定どおりに、千穐楽を終えた打ちあげ飲み会が開催された。

正直に言って飲むような気分ではなかったが、舞台は瓜生ひとりのものではない。

打ちあげ会場は、貸し切りにした、演出家が懇意にしているという居酒屋だ。すでに予約済みのうえに舞台監督と演出家のおごり、そして水地や百世も参加するとあればなおのこと、顔を出さないわけにはいかなかった。

灰汁島は、打ちあげには参加しなかった。こちらは本人から「部外者なので」と遠慮したわけだが——じっさいには人見知りの彼は楽屋でのやりとりだけで手一杯だったらしい。

——楽しんできてね。

そんなことを言ってさきに帰宅した彼に、本当はついていきたかった。けれど、「終わったら、電話して」という耳打ちに、頑張ってこいと言われた気がして、瓜生はもうすこしだけこの日、『瓜生衣沙』を頑張ることにした。

そしていざ、打ちあげがはじまれば、それなりに場は盛りあがった。最後のハプニングはあったものの、そもそもの舞台自体は成功しているし、五十公野とのやりとりなど、あの場にいた数人だけしか把握していない。

それぞれが酒を酌み交わし、互いをねぎらい、あるいは演劇論を熱く語り合い——という喧噪《けんそう》のなかで、すみっこに陣取った瓜生は「お疲れ」と声をかけてきた億岐と、ひっそり謝り合戦をしていた。

「なんか……うまく助けてやれなくて、ごめん。どこまで口出していいか、わかんなくって」

「こっちこそ、ややこしいのに絡まれることになって、ごめん」

億岐をはじめとする同世代の顔ぶれには、五十公野についてかなり気遣われた。やはり、端から見てもいま上り調子の瓜生に、落ち目の五十公野が絡んでいるようにしか見えなかったらしい。

半グレとの関わりがどうこう、という噂《うわさ》もやはり耳にしていて、うかつに話題にできない部分もあったのだろう。むしろきな臭い輩《やから》に関わりがある可能性があった瓜生を、よく受けいれてくれたと言えば、「もし、瓜生が本当に仲よくしてんなら、口挟むことじゃないしと思って」と、億岐は複雑そうな顔で打ち明けた。

「ただ、あのひととつるんでるって相手が逮捕されただろ？　もうさすがにやばいって、あんまつきあわんほうがいいよって言うほうがいいのか、どうしようって思ってて」

「ほんとごめん、変な気を遣わせて……億岐には誤解されたくないけど、全然まったく仲よくは、ないから！」

「だよな。今日、顔あわせてんの見たらよくわかった」

結局のところ、直接の関わりを知らず、ネットで当たり障りのない対応をしている瓜生に本当のところがわからなかったのだそうだ。

「やっぱ文字情報だけだと、だめだな……」

「そう思った。……あと、まあ、こんな顚末《てんまつ》であれなんだけどもさ、もうちょっとおれらも仲よくなっとかない？」

「だな。億岐に賛成。もっとぶっちゃけた話ができるようになってれば、今回みたいに空回りせんですむと思うんだわ」

真面目に話しこんでいた億岐の背後から、共演した顔ぶれが我も我もと身を乗りだしてくる。なんだかんだと、『セキレイ』第一幕から同じキャストではあるのだが、前作は瓜生の出番はあまりなく、ほぼ今回の伏線のようなちょい役扱いだったので、そこまで親しくなりきれていなかった。役柄の距離感も考慮し、あえて近づかなかったのもある。

「んじゃ、ライングループ、瓜生もはいってよ」

「お、おお、うん。ありがとう」

招待コードが送られてきて、そのまま登録する。芝居を通してだいぶ打ち解けてはいたけれど、正直に言えば第一幕でできあがっていた『チーム』に参加するような形であったため、お互いどこか一線を画していた感じはあった。

「多分来年あたり、続編あると思うし。よろしく」

「こちらこそ」

すこし照れつつ、まっすぐな億岐に手を差し伸べられ、握手をする。なんだかじんわり感動すら覚えていた瓜生は、やっとほっとしてビールに口をつけた。

そして次の瞬間、声をあげた億岐に、噎《む》せることになる。

「……てわけで、王様！　あと宰相様もはいりませんか、ライン！」

ごふ、と咳《せ》きこんだ瓜生をよそに、水地が驚いた声をあげた。

「え、ぼく？　ライン？　ヴィラン《敵》側なのにいれてもらっていいのかな？」

「待ってくれ、おじさんはライングループとかやったことがない」

百世はそもそもラインをやっていないというので、億岐が楽しげに「便利ですよ、アカウントすぐ作れますよ」とそちらの席に寄っていく。

「ええ……ガチで行くの、百世さんに……」

行動力とコミュニケーション能力の高さについては、瓜生もほどほどに高い自覚はある。けれど億岐のあの、どこでも誰でも突撃して懐にはいっていく天真爛漫《てんしんらんまん》さは、彼特有のものだ。

「なんつうか……ガチめに主人公って感じだなあ、億岐」

しみじみつぶやけば、「本当だねえ」と美声の相づちがあった。

億岐といれ替わるようにして、水地が隣に腰掛けてくる。驚いたけれど、おそらく話があるのだろうなと納得する。

「今日は……ご迷惑、おかけしました」

「んー、それもうさっき、謝ったでしょ。いい、いい」

あはは、と軽やかに笑う水地は、素顔だと本当に穏やかでやさしげだ。しかし、さきほど五十公野とごたついたあと、ふたりきりになり、改めて叱られた言葉が耳に残っている。

——ときによったら記者がこの辺にいることもあるんだよ。俳優同士が楽屋で大げんか、なんて記事、書かれたいの？

（ほんと、仰《おっしゃ》るとおり、だ）

いくら五十公野がしかけてきても、瓜生は応戦してはいけなかった。あの場ではとにかく、穏便に帰らせる方法をとるべきだったと反省する。

「もうちょっとおれが、うまくやれれば……」

「いやそれは無理でしょう。……っていうか、あれ？　瓜生くん、まだわかってないのかな」

「えっ？」

「あの場できみがすべきだったのは、お話しして落ちつかせようとするんじゃなく、警備員さん呼んできて、彼を追いだすことだよ」

すっぱりという水地に、目をまるくする。

「え、で、でも……」

「事務所的にも思惑あるだろうし、ネットだと、よけいなこと言うのも出てくるから、穏便にすませようと思うのもわかんなくはないけど。それこそ外から見えない内々の場所なんだから、不審者だっつって、きっぱり対処していいんだ。ましてや、彼のつきあいを考えるとね。警察に目をつけられたり、したくないだろ。……薬物関連は、本当に知りあいの知りあいみたいなところまで、洗いにくるよ」

後半は声をひそめ、厳しい目で諭してくる水地に、ひゅっと息を呑む。

「そこまで……の、話なんですか」

「逆に、なんでそこまでじゃないって思ってるの。もとが知りあいだから麻痺《まひ》してるのかもだけど、端から見たら彼のやってることって、ストーキングだよ？」

「あっ……」

　こちらの迷惑も顧みず、ＳＮＳで絡まれ、知りあいぶって関係者顔をする。仕事先に待ち伏せされたり、内部まではいりこんできたりする。

「え、あ、ほんとだ……」

「そこまでされてて、危機感覚えてないのもちょっと、問題かもしれないなあ」

　あきれ顔をする水地は「だから、先生、あの場に残ったのかな」とぽつりと言う。

「え、先生、て、灰汁島先生ですか」

「そう。いや、話をつけなっていって退室促したときにさ、すっごい自然にあの場に残ってたよね。あとから、あれ？　先生、一番関係ないのでは？　って思ったんだけど」

「……うわ、ほんとですね」

「ほんとですね、って。……いやまあ、とにかくあの先生、すごい静かにだけど、きみのそばから離れないようにしてたよね。護ろうとしたんじゃないの？」

　水地の視点で指摘されることは、どれもこれも目から鱗《うろこ》だった。いかに自分がテンパって、なにも見えていなかったのかに気づかされ、呆然《ぼうぜん》としてしまう。

（先生が、おれを）

　もしかして、灰汁島は、瓜生が五十公野に絡まれていることや、それですこしまいっていいることも、気づいていたのだろうか。

元彼――というにも浅いつきあいだったけれど、だからこそ彼には五十公野の名前すらも聞かせたくなくて、一度として話題にあげなかったというのに。

（いや、……逆だ。そうだよな。ネットについてはおれより詳しいし、あれだけ絡まれてたら、知らないほうがおかしいかも）

ツイッターでうっかり、五十公野の行為について愚痴を書いたこともある。すぐに削除したので灰汁島は見ていないだろうと思いこんでいたけれど、ネットでの調査能力は高い彼だ。すぐに、ファンの間で拡散した情報を拾いあげていてもおかしくない。

そして、そんな目に遭っているのに、かたくななまでになにも言おうとしない瓜生を、灰汁島はどう思っていたのだろうか。

（思ってるよりずっと、心配かけてた？）

だから、無理を押して、わざわざ訪ねてきてくれたのだろうか。だとしたら、それは……本当に、どうすれば。

「ちょっと瓜生くん、本当に大丈夫かい？　きみ」

肩をぽんぽんと叩かれ、「だめかもですね」とうなだれる。

「えええ、ちょっとほんとにおれ、なにしてるんだ……？」

「うーん、……瓜生くん、思ったよりずっとテンパってたんだなあ」

水地のしなやかな手が、わしわしと乱暴に頭を撫《な》でてきた。どうやらお説教するモードから、子ども扱いに切り替わってしまったらしい。

「とにかくね。自分を利用しようとする輩には、きっぱり対処しな。ギブアンドテイクならいいけれど、一方的に搾取を受けちゃだめだよ」

「……はい……面目ないです……」

「大事にしてもらえる相手のことを、大事にしなね」

すこし強く、うなだれた瓜生の頭をぽんと叩いて、水地は席を立った。演出家やプロデューサーなど、大人組に交じって、その「えらいひとたち」から頭を下げられている水地は、本当に大人で、ずっとずっと遠い目標になるひとなのだろう。

（……くやしい）

演技でも、ひととしても、全部があまりに遠くて、どれだけあがいたらあの位置に近づけるだろうかと思う。

そして、そうなったら、もしかすれば、灰汁島に対してすこしは、なにかを返せる自分に、なれるだろうか。

十代のあの日、きらきらした夢を与えてくれた大好きな『先生』。コレクションを集めた本棚を『祭壇』などと呼んでいるのはあながち冗談だけではない。尊敬と敬愛をこよなく捧《ささ》げる、瓜生の『神』なのだ。

もらうばかりで情けなくて、でも、だから、好きで。

(はやく、会いたい)

水地が離れていき、会場の端でぽつりとひとりになった瓜生は、スマホを取りだして手早く、メッセージを打ちこむ。

【飲み会もうちょっとで終わりそうです。そしたら、行っていいですか】

やさしいやさしい瓜生の神さまは、もちろん断ることはなく【待ってるね】と返してくれた。

＊　＊　＊

存分に食べて飲み、互いをたたえてねぎらったあと、打ちあげは解散となった。

億岐をはじめ、千穐楽後の解放感から、そのまま二次会に行く者もいたが、瓜生は疲労がひどいと告げて、帰途についた。

といっても向かうのは自宅ではなく、灰汁島の家だ。

深夜をまわって、電車もなくて、どうにか拾ったタクシーに乗り込み、もう覚えてしまった住所と番地を告げる。

幸い、灰汁島の住む地域からそう遠い場所でもなかったので、深夜料金ではあってもそう高額ではなかった。

しんと静まりかえった住宅地のマンション。もうだいぶ馴染《なじ》んだ防音のドアのまえでそうっとインターホンを押す。応答があるまでなぜか緊張して息を吐くと、わずかにアルコールの匂いがするそれが、しろく凝った。

「……お疲れ様、イサくん」

「へへ、さっきぶり。先生」

ドアを開け、やさしく向かえてくれた灰汁島は、冷えて赤らんでいる瓜生の顔を見るなり「疲れ、落としたら」と、風呂を勧めてくれた。

「え、わあ、ありがとうございます、でも」

「寒いだろうなと思って、新しくわかしておいたから」

自分はシャワーですませたという灰汁島に、そうまで言われれば遠慮もできない。

お泊まり用の着替えと下着は、前回置いていったものがあるという。それらとタオルを手渡され、脱衣所に追いやられては観念するほかなく、風呂を借りることとなった。

細身だけれど長身の彼はバスタブが狭いとひどく苦しくていやなので、風呂場がトイレと一緒になっているタイプだけは避けたかったそうだ。

おかげで、部屋の間取りとは逆に、浴室だけは瓜生の部屋にあるものより広くて、瓜生の体格であればひどくゆったりとお湯につかれる。

灰汁島は意外と風呂好きで、風呂の蓋のうえに防水対策をしたタブレットを持ちこみ、本を読んだり、ときには思いついたテキストをその場で打ちこんだりしているらしい。

大事な、大好きな恋人のリラクゼーション空間で、瓜生もまたとろりとなる。

灰汁島は、お気に入りの入浴剤をいれてくれた。森の香りのする——人工的なそれではなく、本当にヒノキの香りのするバスチップのはいった袋が湯船に浮いている。

すくって、もんで、しっとりした感触になった掌《てのひら》で汗ばんだ顔を拭うと、頬がだいぶざらついている気がした。

「はー……」

ため息をついて、瓜生は膝を抱える。風呂から出たら、五十公野の話をしなければならない。このざらついた肌におなじく、ざらついた心で、どこまで冷静に話せるだろう。

やさしい森の香りに包まれながらも、心はしくしくと痛んで、不安だった。

＊　＊　＊

風呂からあがると、第二の仕事机であるダイニングテーブルでPCを見ていた灰汁島が、すっと立ちあがる。

「お風呂、いただきました」

「おかえり。洗えるものは洗濯カゴいれておいてね」

「……自分で洗いますよ？」

「どうせ乾燥まで洗濯機がやるから。ていうか冷えるよ、ソファのほう行ってて」

「あ、はい」

だんだん定番になってきた会話をかわしつつ、座っているよう勧められる。

素直に従いつつ、こちらは玄関に近い位置で冷えやすいため、冬場はあまり陣取ることはないはずの灰汁島がなぜ――とすこし疑問に思っていれば、しばらくして自身もソファのある部屋へ戻ってきた灰汁島の手元から、ふわりとあまいミルクのにおいがした。

「え……」

「蜂蜜すこしはいってるから、あまいですよ」

マグカップを受けとると、言われたとおりミルクだけでなく蜂蜜の香りもする。掌でマグカップを包むようにすると、じんわりとしたあたたかさが伝わってきた。

（ああ、もしかして）

冷えがちな台所のほうにいたのは、そちらにいるほうが風呂場に近いからだろうか。それほどに心配をかけたのだろう。

気遣いが嬉しく、同時にすこし情けなかった。ぐっと唇を嚙むと、わずかに肩が揺れる。

「寒いかな。きょう冷えるしね」

これを、と厚手で肌触りのよいブランケットに包んでくれる。

「これ……はじめて見るやつですけど」

「やわらかくてあったかいでしょ。ちょうどいいかなと思って」

主語の抜けた言葉で、いやでも気づかされる。誰に、ちょうどいいのか。なにを思って、新しいブランケットを買ったのか。

潤んだ目を隠したくて、うつむき、湯気の立つミルクを吹き冷ました。灰汁島は飲み物をあたためるとき、レンジをあまり使わない。火であたためるほうが好きなのだそうだ。たぶんこれも、長身をかがめて小鍋であたためてくれたのだろう。瓜生のために。

「……おいしいです。あったかい」

「そう？　よかった。あ、飲んできたみたいだけど、なにかつまみたいなら――」

いろいろ甲斐甲斐《かいがい》しくしてくれる灰汁島をとどめて「話をしたいです」と告げる。

「きょうのこと、とか。いろいろ……どこから話せばいいか、わかんないけど」

「イサくんが、そうしたいなら」

真顔のそれに灰汁島もうなずく。瓜生が風邪を引かないようにと、肩から落ちたブランケットにくるみなおし、軽く抱きしめるようにしてくれる。

その手が瓜生の肩から背中を何度もさすってくれていて、知らずこわばっていたことを教えられた。そして、風呂上がりのはずの自分より、灰汁島の手のほうがあたたかいことに気づいて、なるほどこれは心配されるわけだ、とちいさく笑う。

「えっと、……おれ、なるべく先生には、ネガティブな話しないように、してたくて」

「愚痴くらい、ふつうに聞きますけど」

「それはわかってます。ちゃんと聞いてくれるって。でも……なんだろう。先生には楽しいことばっかり、あげたかった、のかな」

たぶん、思いの比重の話なのだと思う。灰汁島は瓜生衣沙という存在を知って、ようやく一年が経つ程度だけれども、こちらは十年越しで憧れた相手だったのだ。

「まえにも言ったけど、おれ、はじめて生の先生を見たのがあの……寒そうにしてたときで」

「ああ、失踪事件の、ベンチで呆《ほう》けてたときだっけ」

「そ、そうです」

こちらが気を遣ってぼかしたのに、灰汁島はズバリと言った。こういうところは本当に、ときどきびっくりさせられる。

（たまに、ものすごい豪胆に感じるんだよな……）

彼の担当である早坂曰《いわ》く、「灰汁島さんって面倒くさいところはあるんですが、メンタル弱いかって言われるとじつは若干、うなずきかねるんですよね」とのことらしい。

それをはじめて聞かされたときは、こんなに繊細なひとになんてことを、と思ったけれど、いまになるとつきあいの長い早坂のほうが正しいのかな、と思う。

本人も真相はよくわからないと言うが、過呼吸発作のすえの自殺未遂、そしてその原因となる元担当編集につきまとわれた恐怖から、失踪まがいのことまで起こした過去など、ふつうなら口にするのもためらうと思うのだ。

もともとネットでは行きすぎた自虐の多い弱キャラだった灰汁島だけれど、本人を知れば知るほど、本当のところネガポジが反転しているのでは……と思ってしまう。

「それで？」

横道に逸《そ》れてしまった。促され、「んん」と意味もなく咳払《せきばら》いをした瓜生は、あたたかいミルクをすすり、舌をまわらせる。

「その、あのときの先生、つらそうで、あんまり寒そうで。でも、あのときはただのファンだったし、声もかけられなくて……おれはなにも、してあげられなかったから」

だから、せめていま、こうして恋人のポジションにおさまったからには、いいものばかりあげたかったし、見せたかった。結局は変な男につきまとわれた現場を見られ、巻きこみかけたわけだが。

落ちこんだ瓜生に、だが灰汁島は「なに言ってるの」と驚く。

「してくれたでしょ、充分。あのときだって、イサくんが助けてくれたでしょう」

「え……？　いや、それは早坂さんが」

「その早坂さんに、不干渉のポリシー枉《ま》げて連絡してくれたの、きみだよね」

「それはそうだけど、でも」

言いつのろうとした瓜生は、じっとこちらを見る灰汁島の目に負けて、結局口を閉ざす。

「そうじゃなくても『孤狐』さんは、ぼくにちからをくれてましたよ」

「……ただの、ファンで」

「その、ただのファンに、ずっとファンでい続けてもらえるむずかしさって、イサくんのほうが知ってるんじゃないかな」

「そうですけど……」

肩をさする手、あまいあまい声。けれど灰汁島はこれで、慰めているつもりでもなんでもないのだ。実際、口にしている言葉は単なる正論でしかない。

やさしいのも、声があまいのも、単なる天然。

「ちょっとほんと先生、手加減して……」

「え、なにを」

「撫でるのやめてほんと、なんか……とけるから……」

風呂を借りてもあたたまらなかった身体が、灰汁島の腕のなかだと意識しただけで茹だってしまう。真っ赤になった顔を手で覆ってうめくと、飲み終えたマグを往生際悪く握っていた手から、取りあげられた。しかも気づけばお膝だっこ状態にされている。

「……寒そうだったから、あったためてくれようとしたんですよね。じゃあいま、こうしてるの、ありじゃないですか」

長い腕が、ぎゅっと抱きしめてくる。瓜生は悲鳴をあげたくなった。やだもうこの天然。どこがクソ童貞だ、なにがコミュ下手の陰キャだ。すっぽり包みこむような抱きしめかたなんて、いつどこで学んできたんだ。

「いや、ぜんぶイサくんから教わりましたが」

「口に出してた！」

「わりと漏れてるよねえ。そんなんで芸能人やってて大丈夫ですか？　心配」

「先生以外にはそこまでゆるまないのでぇ……」

もう隠しようもなく真っ赤になったまま、腕のなかでじたばたとする。そして、こんなああまムードになる展開ではなかった気がする、と煮えた頭で考えていれば、やっぱり案外容赦のない灰汁島は、切りこんできた。

「大阪のあと、イサくん変だったのってあのひとのせいですね？」

「……うん」

もはや心のすべてが無防備にされた気分のいま、言い訳もできず、瓜生はこくりとうなずくしかなかった。

「本当に突然、再会……っていうか待ち伏せされてて、びっくりして。なんか、よくわかんないんだけど急に、つきまとわれるようになった」

そうして、あの日なにを言われたか、ここしばらく警戒していたのかを、手短に打ち明けた。「なるほど」と、相づちを打ちつつ聞いていてくれた灰汁島は、しかし不可解なことを口にする。

「じゃあ、今日会った五十公野さんが、あのひとだったんだね」

「え……先生、あなた誰、って言ってたのに」

「イサくんにネトスト《ネットストーカー》してる同業者がいるのは、知ってましたよ。なんか様子変になったあたりから、気になってちょっと調べたら、匿名掲示板ですこし話題になってたから」

「あー……」

瓜生は特にその手の掲示板を見たりはしない。負の感情がうずまいていることが多いし、見たくない話を見る羽目になるからだ。こびりついているヘドロのような悪感情に酔うこともあるので、極力、視界にいれないでいる。

灰汁島も、自分に関連するスレッドなどは「こわいから」絶対に見ないそうだが、調べ物として必要と割り切れば、わりとえげつないものも平然と見るし、読めるタイプだ。

たぶん、早坂が指摘したのも、そういうところなのだろう。納得しかけて、はたと気づく。

「え、でもその件知ってたなら、なんできょう、あんな？　煽ったんですか？」

「いや、じっさいに五十公野さんの顔は知らないし覚えてなかったので」

聞けば、ネットで『落ち目の五十公野が、瓜生ネタでどうにかしようと必死』というまとめがいくつかできていたらしい。例の生配信でのキス写真や、わざとツーショット写真風にトリミングしたものをアップしたりと、瓜生が把握していた以上に画像はアップされていたそうだ。

「でも、どれも十年まえのばっかりだし、いまのイサくんのは隠し撮りみたいなのしかないしで、売名のガセアカウントか、とまで言われてたらしくて」

「そ、そんなだったの？」

事務所側と話しあい、瓜生はこの件について放置しておけと言われたため、深追いはしていなかった。そもそも『セキレイ』の舞台をはじめとする仕事だけで手一杯で、そんな暇はなかったのもある。

「だから今日、きたんじゃないんですか。写真撮りに、、、」

「……は？」

「ついでに、あの場にいた皆さん、いま二・五次元系でも売れっ子のひとばかりでしょう。『瓜生衣沙ネタ』もこすりすぎて飽きられてきたらしい――あっ、あくまで五十公野さんの配信で、ですけど！」

「そんなフォローいれなくても大丈夫ですよ。っていうか、そこじゃなくて……」

楽屋まで忍びこみ、あれだけのトラブルにしておいて、ただのネタ写真が欲しかったとか、そんなばかなことがあるんだろうか。

唖然《あぜん》となった瓜生は目をしばたたかせる。その顔をじっとみた灰汁島が、告げる。

「えと……ぼくの見解述べていいですか」

もちろん、と瓜生はうなずいた。その頭を撫で、灰汁島はすっと目を伏せる。考えをまとめるときの彼のくせは、長い睫毛《まつげ》が目立ってとても、よい。

「短い間しか会ってないですけど、五十公野さんはものすごく、短絡的なひとなんだろうなと思いました。現実が見えていないし、自分の行動の意味も、わかってない」

「それは、たしかに……」

灰汁島の言うとおり、五十公野の言動は、どこまでもちぐはぐだった。

犯罪行為に加担しておきながら、罪悪感がない。逮捕された相手にまだ、伝手を作っておこうとする、モラルのかけらもない感性。

なのに、『業界の先輩』である水地に睨《にら》まれれば、怯えた子どものようになる。

「たぶんですけど、あんなことまでしても、自分が疎まれるって自覚ない気がします。だから水地さんに、この業界で気にいられておいたほうがいいひとには、弱い。で、ぼくみたいな部外者は、彼の意識にはいってないから強く出る」

「え、待って……コンテンツホルダーの先生のほうがある意味、つよいはずなんだけど⁉」

「たぶん、ラノベ作家だからじゃない？　漫画絵ついてるもの書いてるから」

瓜生にはまったく理解できないのだが、世の中には漫画の絵がついているだけで無条件に見下していいと考える人種がいるそうだ。

「だいたい、出版業界にもいるからね」

「そんなことってある⁉　だって本出してるんでしょう、ラノベとか漫画がどれだけ貢献してるかなんて——」

言いかけて、灰汁島の苦笑に気づき、瓜生は口を閉ざした。そして、二・五次元系をくさす人種がいることも、残念ながら知っている。漫画やライトノベルはそれなりに歴史もあるぶん、偏見と闘ってきた時間も長いのだろう。

「……それでも、関わってる人間がそのコンテンツをばかにすることだけは、しちゃいけないと思う。そんなこと言うくらいなら、やらなきゃいいんだから」

悔しさの滲《にじ》んだ声でつぶやけば、灰汁島がぎゅっと抱きしめてくれた。ああ、このひとは同じ痛みを知っているのだと、そのときはじめて瓜生は感じた気がする。

そして、おそらく五十公野は、そんなことに考えが及ぶことすらないだろう、とも。

「あのひと、ほんとに高校くらいから、変わってなかったのか」

現実的な責任をなにも負わず、ふわふわとしたまま年齢だけを重ねた。かつての栄光が忘れられず、上澄みばかりを求め、努力を知らずに。

「イサくんが気にすることじゃないと思うけど」

声に滲んだものに気づいたのだろう、灰汁島が静かに言う。だが、瓜生はかぶりを振った。

「やっぱり、後悔はしてます。……おれがちゃんと向きあえばよかったのかなって」

知りあいが犯罪行為に加担していたのに、きちんと止められなかった。すくなくとも、諫《いさ》めるなりする義務はあったのではないだろうか。そう言うと、灰汁島は逆に問いかけてきた。

「向きあうって、どうするんですか」

「それは……わかんないですけど。逃げずに話すべきだったか、とか」

なにができたとも思わないけれど、すこしくらいは抑止力になったのでは。そうしたら、被害に遭うひとも減ったのかもしれない。

瓜生が悔やむ気持ちを吐露すると、灰汁島はどこか冷ややかに言った。

「そんなふうに考えるイサくんは、すごく個人的に好ましいです。でも……それ、呼びだされた場に行ったら、たぶん、イサくんがひどい目に遭ったのではないかと」

「……え？」

ぎょっとして身体を震わせる瓜生に「というか、十中八九、それが狙《ねら》いじゃないかな」と、こともなげに灰汁島が続ける。

「犯罪行為に他人を巻きこもうとする場合、弱みやうしろめたさにつけこむのが一番確実だと思う。でもイサくんはその弱みがなかった。悪いことしないから。だったら、仲間ではなくターゲットにしてしまうのも、そういう人間の思考パターンとしてはあり得る」

もしくは無理やり見学させて、共犯者に仕立てあげるか。その場合は暴力、薬物、アルコール、いずれにせよろくなことではなかっただろうと灰汁島は言う。

「そんな……ことって」

「あると思う。集団暴力の流れって、じつは大体似通ってるから」

示唆されたそれに、瓜生はぞわっと鳥肌が立った。恨みがましい五十公野の声がよみがえってくる。

――おまえがあの日、大人しくきてりゃあ。

どう考えても剣呑な場に連れて行かれた瓜生を、一体あの男はどうするつもりだったのだろうか。過去に、自分が抱いたことのある、いまは自分より売れている俳優。そんな相手を果たして、どんな目にあわせるつもりだったのか。

思わず自分で腕をさすると、灰汁島の長い指がなだめるように頭に触れてくる。

「脅すつもりはないけど……予測するにはあまりに易《やす》い話だから。近寄らなくて正解だったと思います」

こくりとうなずきつつ、灰汁島にすがる。せっかく、蜂蜜ミルクであたたまった身体が芯から冷えるような気がして、広い胸に顔を埋めた。

「でも、先生そんなのよくわかるね。やっぱり推理モノ書いたりするから？」

「……資料とかで類推したのもある、けど」

灰汁島はミステリやサスペンスも手がけるため、犯罪ケースの実録本なども読みこんでいるし、ニュースの類いも相当にチェックしている。

灰汁島の描く探偵の賢さは、そのまま彼の思考力だと瓜生は思っている。さすがだなあ、と思って見つめれば、彼は若干苦い顔をした。

「むかし……大学で、事件起こしたひとたちがいたんだけど。ひとりが、講義で一緒だったことがあって」

「じ、事件？」

「……スポーツサークルで、集団の、婦女暴行。しょっちゅうノート貸してくれって言われて、苦手な相手だった」

「まさか先生」

「サークル棟にこいって言われたことあった。でもいやだったからのらくら逃げてて……そしたら警察がきたって。ニュースになったよ」

思いもよらない話に、瓜生は目を瞠った。

「その彼と、五十公野さん、同じ目つきだったから」

「なる、ほど」

それは警戒するわけだ。もともと人見知りの灰汁島は誰に対してもおおよそ身がまえているものだから、逆に気づかなかった。

「今日、楽屋で絡まれたとき、ずっとそばにいてくれたの、そのせいですか。……っていうか、そもそも今日、きてくれたのも？」

問いかけに、一瞬の間があった。それが答えのすべてだろう。観念したようにため息をついて、灰汁島は言う。

「まあ……荒事は無理だけど、最悪庇って壁になるくらいはできると思って」

結局なにもできなかったけど。そうつぶやく灰汁島に、瓜生は彼の腕のなかで何度もかぶりを振った。

（水地さんの言うとおりだった）

護らなきゃ、なんてとんだお門違いだ。自分こそが護られていたのに、気づくこともなく、だから逃がしてやれもせず、一体なにをしていたのだろうか。

「巻きこんで、ごめんなさい。仕事忙しいのに……」

「言ったでしょう。終わったから、舞台、観にいけたんですよ」

「……っ」

ああ、泣きそうだ。どうしたらいいだろうか。心が乱れて、鼻の奥がつんとする。すがるように抱きついて、灰汁島のやさしい声を浴びているだけで、痺《しび》れるように心地よかった。

（このまま、抱いてくれないかなあ）

誘ってもいいだろうか。そんなふうにゆるんだ気持ちでいた瓜生は、頭上からためらいがちに落とされた問いに、心臓を跳ねあげることになる。

「あのね……ひとつ、訊きたいんだけど」

「はい？」

「イサくん、むかしあのひとと、なにかありましたよね」

ひゅ、と息を呑んだ。一瞬でこわばった身体を、大丈夫だから、というように灰汁島が強く抱きしめてくる。

なだめるように、というよりはむしろ、逃がさないと言わんばかりのちからがこもるそれに、瓜生は戸惑った。

「ど、どうして」

「睨んでくる目がね、なんとなく……ふつうのマウントってだけでは、なかったような」

人が、コミュニケーションが苦手だという灰汁島は、しかし決してひとの感情に鈍いわけではない。むしろ過敏なくらいだから、人見知りになってしまうのだろう。

それをああもわかりやすい敵愾心《てきがいしん》を向けられては、見抜かれるに違いない。

「あとまあ……配信でのキス写真とかも、匂わせだったんだろうなと。あ、そう感じたのはぼくがまあ、えーと、イサくんの彼氏だからだと思いますけど」

ふつうはわかんないと思う、と、フォローなのかなんなのかわからないことを言う灰汁島は、あきらかに「彼氏」の単語に照れていた。

「……っふ」

「え、な、なんで笑うの」

「先生の照れるポイント、謎」

くすくすと、自然に笑いが漏れた。そうして、もういいか、と思った。

このひとになら知ってほしい。みっともなくてだめだった自分も、許されたい。

瓜生は、ふかく息を吸って、口を開いた。

「むかし、っていうか、ほんとに学生のころに、ちょっとだけ」

前につきあっていた——というには、浅い関係だった。あのころ、なにもかもどうでもよくて、自分すらもどうでもよくて、逆にだからこそ、雑に自分を扱っていたのだと思う。

「ほんと、軽かったんです。だから、遊びっていうか……ほんと適当にしちゃってて。すごいばかだったし、そういう自分が、自分で、いやだった」

打ち明けながら、五十公野と再会してからずっと、不安だった理由がようやくわかった。

あの男に迷惑をかけられたり、なにか剣呑なことに巻きこまれてしまうことが怖いのではなく——あんな程度の男と『つきあい』のあった瓜生自身のだめさを、誰よりも灰汁島に知られるのが、怖かったのだ。

「先生には……セイさん、には、いい子ぶって、きれいなとこだけ見せたかった。おれと一緒のときは、楽しい時間だけすごしててほしかった。でもおれ、本当はそんないいやつじゃない、から」

幻滅しましたか。かすれた声で言うと、灰汁島は首をかしげた。

「ぼくを好きだと言ってくれたのは嘘ですか？」

「……いいえ」

「ずっとファンだって言ったのは？」

嘘なわけがない。かぶりを振って瓜生は目をつぶる。それだけは信じてほしい。

こわばり、冷たくなった頰《ほお》を、あたたかな灰汁島の手が包んでくれる。

おそるおそる目を開けると、いつものようにすこし困った顔で笑う、灰汁島がいた。

「じゃあ、なんにも、いままでと違わない」

「……え」

「もともと経験済みなのは知ってるし、……まあ嫉妬しないって言えば嘘だけど、ぼくの好きになったイサくんの情報は、あの時点で揃《そろ》ってた。なにも変わってないでしょう」

けろりと言う灰汁島は、本当に気にした様子がなかった。むしろ、どうしてそんなに瓜生が落ちこんでいるのか、よくわからないと言う。

「でも、おれ、遊んでて……先生は、きれいなのに」

「いやクソ童貞にきれいもなにもないでしょ……」

遠い目をする灰汁島に、そういうことじゃないとかぶりを振った。

かまわないと言われても、結局はそこじゃないのだ。灰汁島ではなく、瓜生が気にしてしまっている。

「お、おれ、先生がはじめてがよかったっ……」

このひととだけ恋をしていたかった。世界でいちばん大事なことを教えてくれた、あの本を書いたこのひとに。真剣に思ってそう告げたのに、灰汁島はけろりとこう言う。

「え、ごめんね、ぐっとくるそれ」

「はっ?」

思いがけない言葉に、瓜生は目をしばたたかせた。思わずすがりついていた身体を離し、まじまじと眺めてしまえば、灰汁島はなぜか、照れたように目を反らす。

「……だって、むかしの話は嫉妬するから聞かせないでって」

「まあぼくも人間なので、ヤキモチくらいは焼きます。でも、過去がぜんぶあって、そのうえでぼくを好きになってくれたイサくんでしょう?」

「そうだけど……」

修羅場方面の覚悟をして打ち明けたのに、どうしてそういう反応なのだ。なんだか感覚がずれている気がして、瓜生は目を白黒させた。

(……あ、そうだ、違う)

そうして、思いだす。

そもそも灰汁島は、どこかふつうの感性じゃないところがある。そして真面目で真摯ではあるけれど、それはあくまで彼自身が大事にするものに対してだけであって、特段モラリストだとか潔癖だというわけでもない。

だからこそあの、複雑な心理描写の作品を書き綴《つづ》っていられるのだ。

「そうだけど、そうだけど、おれ、処女じゃないから、せんせい、いやかなって、あ、あんなのと、してたとか、嫌われるって」

「だから最初から知ってますってば。焼くけど、いやじゃないし、嫌いとかなんないです。……それに、好きだったんじゃなくて、遊んだ相手、なんでしょう」

「ハイ……」

「ぼくけっこう、自分についての評価低いんだけど、イサくんがぼくのこと好きなのだけは、さすがに疑えないので。……それが本当なら、それで充分ですよ」

「う……せんせぇ……」

ほっとして、納得する。同時に、なんだかよくわからないもので涙が溢《あふ》れれば、灰汁島はどうしてか、嬉しそうに笑った。

「嬉しいなあ、泣くほどぼくのこと好きなんだ」

「ひ、ひどくないですか」

「うん、ひどいね、ごめんね。……イサくんの泣いてる顔ちょっと、興奮するかも」

目を細めるその顔が、どうしてそんなに悪くて魅力的になるのだろう。弱キャラの草食系

男子ぶっているくせに、本当に――本当に、このひとは。

「もぉお……好きぃ……」

「うん、ぼくも」

ぐずぐずになって再度抱きつくと、長い両腕でまるっと包みこまれた。あたたかくて、安心する。やわらかい声が、瓜生の全部を包んでくれる。

生きるために大事なぜんぶを教えてくれた、瓜生がこの世でもっとも尊敬する作家は、こんなふうに身も世もない愛のかたちまでを教えこもうとしてくる。

「大好きですよ、イサくん」

「せんせ……っ」

「……もうほんとに、先生呼びやめません？」

まだそう呼ぶか、と灰汁島は苦笑する。何度も「セイと呼べ」と言われているけれど、長いこと心のなかで「せんせい」と呼び続けたせいで、なかなかあらたまらない。

なにより――彼の本当の名前が特殊読みをすると知ってからは、どうもそれが引っかかってしまっている。

阿久島《あくしま》星。キラリティ、なんてちょっと特殊すぎる名前をつけられて、いまはもう読みの改名届けも出したそうだけれど、ご両親がつけたそれも「愛情ゆえだったろうから」と、苦笑しつつも嫌うことのない、やさしいやさしい灰汁島が好きだ。

「セイでいいですってば」

「……センセイも、二文字しか変わらないよ」

「へりくつ言わない」

泣いて赤くなった鼻をつままれ、ふぎゃ、と瓜生は声をあげる。

見つめあって、笑いあって、口づけたその味はちょっとしょっぱかった。

＊　＊　＊

さきほどまでひんやりとして感じられた部屋の空気は、すっかり湿ってあたたかい。

同じように、いやそれ以上に、瓜生の下半身はぐしょぐしょに濡《ぬ》れて、熱くなっている。

「うぁー……あっ、あっあっ」

なんでこんな、と瓜生はゆだったような顔で考える。

話をして許されて、泣いているのを慰められてキスされて、そのままソファベッドがベッドに変形した。

「あっ……ん、あ、だ、め」

風呂上がりに借りた灰汁島のスウェット、袖丈がだぶついたそれをすこしたくしあげていたはずなのに、いまは片方だけ肘《ひじ》までたぐまり、片方は指先をちょっと覗かせるだけの状態のまま、ぎゅっと握りしめている。

身ごろは胸までめくられて、おなじくだぶついていたボトムは、ベッド脇に下着ごとくちゃくちゃだ。

そして、瓜生の下半身も、灰汁島の口でくちゃくちゃねっとり、いじめられている。

「そ……なこと、しな、くて、い……って」

「んーんん？」

「どうして、じゃなっ……あっあっあっだめ」

くわえたままきょとんとした顔で上目遣いをしないでほしい。思わず腰が浮きあがれば、押さえつけるように長い腕が腿《もも》を摑み、快感から逃げたはずのそれをさらに深く飲まれる。

「うう……やぁ、や……せんせ、や……っ」

欲しいのは、これじゃなかった。男としての射精欲求よりも、今夜は灰汁島に抱かれて、とろとろになった奥の快感でだめになりたかったのに、神経がひりつくような直截《ちょくせつ》な快感を与えられて、次第に腰を振るのが止まらなくなる。

「だ、だめ、だ、……っでるでるっ」

せめて口にだすのは避けたいと腰をよじれば、「あっ」と灰汁島が声をあげた。そのかすれた声に我慢ができず、あわてて手をやっても時遅しだ。

「わぁああ！　嘘っ！　ごめんなさい‼」

思いっきり、灰汁島の顔に飛び散らせてしまった。くせのある前髪にもシャープな頬にも瓜生のそれがこびりついていて、真っ赤になったあと真っ青になった瓜生は、汗ばんでまとわりついていたスウェットの袖で顔をごしごしとこする。

「……びっくりした」

「だ、だからやめてって言っ……ちょ、口にいれない！」

唇の端に垂れていたものを拭うよりはやく、ぺろりと灰汁島が舐めとってしまう。勘弁してほしい。

はじめてしたときから大概灰汁島はチャレンジャーだったが、いまに至るまで瓜生は、『ごっくん』だけは許していない。万が一腹を下したり、なにか悪い影響があっては恐ろしくてならないからだ。

なのに灰汁島は舐めたがるし、味を知りたがるし、飲みたがる。

「イサくんの、いいにおいなんだけどな」

「そんなわけないでしょ⁉」

「いや、うーん……ドーパミンとかの分泌物で、脳が味覚とか嗅覚も変換してるんだと思うんだけど」

顔を近づけた灰汁島が、すんと首筋で鼻を鳴らす。匂《にお》いを嗅がれるという行為にはとんでもない羞恥がわきおこる。とくにいま、汗だくになるまで追いこまれて精液をはなったあとなのだ。ろくでもない匂いしかしないはずなのに。

「……うん、美味《おい》しそうなにおい」

「どっ……」

どういうにおい、それ。めまいがしそうになりつつ絶句していると、筋トレ効果なのか、あきらかに最初に出会ったころより広くなった胸に抱かれる。

（あ、いいにおい）

たしかに灰汁島の匂いは、瓜生にとってかぐわしい。それはプレゼントした香水をふだんから身につけるようになり、染みついたせいもあるかもしれないけれども、そもそも彼自身の体臭が淡すぎるのだろう。

どこか植物じみたそれになつくように鼻を鳴らしていると、くすくすと灰汁島が笑う。

「イサくんだってぼくのにおい嗅ぐでしょう」

「お、お返しですけど？」

「……気づいてないのかなあ。抱きついてきたとき、わりとずっとスンスンしてる」

「え」

「ぼくが嗅ぐようになったのって、そのあとですよ」

自分でも知らなかった癖《ヘキ》を暴露され、瓜生はかあっと全身を赤らめた。

これはよくない。この羞恥はちょっといわゆるセックスのときのスパイスですまないタイプの、ガチめの恥ずかしさだ。

神経が剝きだしになってしまったほどのそれを、灰汁島に悟られたくない。

なぜなら。

「……っ、ひぃ……っ」

「恥ずかしいの？　かわいいなあ」

やさしいくせに、こういうときばかりちょっと意地悪く笑う灰汁島は、瓜生が本気で照れると容赦がなくなる。

「待って、まって先生、まって」

「やだ」

「まってだめ、いまだめそれ、い……っ」

すこし落ちつかせてと言うのに、耳朶《みみたぶ》を食《は》みながら、指をいれられた。ぐじゅう、と中にしこんだジェルが灰汁島の指で音を立てる。

「もう、また、自分でしてるし」

「ら……って、うぁ、へぅ」

この部屋で風呂を借りる際、瓜生はケアを欠かさない。最初は慣れない灰汁島のために手間を省こうとしてのことだったが、だんだんそれが習慣化している。

女性と違って準備のいる身体だ。慣れればそれすらスキンシップや愛撫《あいぶ》になるだろうけれども、灰汁島にはできるだけ面倒を感じて欲しくなかったのと、もうひとつには。

「ここ、今度、きれいにするとこから、ぼくがしたい」

「～……っそれは勘弁して……」

「どうしても、だめ？」

最近わかったけれども、灰汁島はいささか偏執的に瓜生を愛している節がある。手ずからぜんぶなどということになったら、本当にあともどりできないくらいにぐずぐずにされてしまいそうな気がする。

いやなわけではない。ちょっとどころでなく嬉しいと思う瓜生の方が問題なのだ。

（だって先生、手加減できないんだもんなあ……）

それでこちらまでノリにノってしまったら、そこから数日立てなくなる可能性が出てくる。明日はまだ仕事があって、とろとろのあまやかしセックスをお願いしたいなら、ここは譲れないのだ。

「……今度」

「ん？」

「ちょっとまとめて、おやすみ、とるから、それなら」

いいよ、とちらり、流し目をすれば、灰汁島がすっと目を細めた。

（わあ、やばい顔……）

ギラついていて、すこし冷ややかなくらいの無表情。余裕のない灰汁島の顔は、もとの造作が整っているだけに、ひどくうつくしくて危うい。

この顔を見ているのが自分だけというのが、たまらなく嬉しいし優越感もある。

「だから、今日……ふつうに、このまま」

もぞりと、瓜生はうつぶせになり、すでにとろけている尻をそっと、灰汁島に向ける。さきほど風呂で磨き上げたまるみに手をかけて、わずかに開いてみせた。

「……しよ？　せんせ」

「っとに、もお……っ！」

常にない荒い口調で呻《うめ》いた灰汁島が腰を摑んでくる。あてがわれたそれに「あっ」と声をあげれば「なんで嬉しそうなの」と怒ったように言われた。

「イサくん、あざとすぎでしょう！」

「だってそういうの、す、き……っぃい……っ！」

もうだいぶ慣れた腰遣いで、ずぶりと奥に沈んでくる。痺れるような快感がはしって、瓜生は咄嗟に枕代わりのクッションを摑み、声を殺した。

「なん、で、声、かくす、の」

「……っ、ふー……っ」

そのまま遠慮なく揺さぶりながら、灰汁島が不機嫌な声で責めてくる。そういう声もめったに聞けるものではないので、瓜生はただただ喜び、腰を打ちつけるものに全身を震わせる。

（あー……すき、すき、すき）

灰汁島はわかっていないけれど、彼に抱かれる事実だけで瓜生は常に絶頂できる。きゅうきゅうと身体の奥は不随意な痙攣《けいれん》を繰り返してあまく蕩《とろ》けるし、さきほど射精させられたばかりのペニスも、濡れてこわばって震えている。

「あっ……あー、や、それ、や」

「なんで」

「いっしょ、や、いっしょ、やぁああ」

身体を倒し、全身で背中にのしかかってきた灰汁島が、腰を使いながら瓜生のものを摑んだ。律動にあわせて根元から全部をもみくちゃにされ、ぐちゃぐちゃと音が立つ。

（いく、いく、だめ、いく）

気持ちよくてだめになる。頭のなかがいやらしいことでいっぱいで、いつの間にか泣きながらあえいでいれば、顎を強引に摑んで振り向かされた。

「んう……っ」

すこし無理な体勢でキスをされ、舌を舐める動きまでもがくわわってくる。ひときわ強く腰を送られ、長い指に鈴口をきゅっと摑まれて、瓜生は二度目の射精をしながら身震いした。

（あ、でもこれ、終わってくれない）

疲労感がすごくて、身体のちからが抜ける。そして灰汁島は、やめるどころかぐったりした瓜生の身体をベッドに横たわらせると、片足だけを摑んで高く、持ちあげた。

「まっ……ふぁ、あ、あ～……！」

腰を引いたと思えば、さきほどよりも深く押しこまれる。こんなの知らない、とかぶりを振るけれど、やめて、待って、と伸ばした手は、脚を支えるのと別の手につながれた。

「んっんっんっあっあっまたいくまた、いくっ」

「……うん、これで、いって」

中イキして、と囁《ささや》かれて、頭より身体が喜んだ。灰汁島にいやらしいことを言われると弱い。あの憧れのひとが雄丸出しになって、この身体に欲情している、そのことだけで頭が勝手にまた、のぼりつめる。

「ほんとに……イサくん、ぼくのこと、好きですね」

「つき……しゅきぃ……」

わざとではなく、口の中に唾液がたまりすぎて舌足らずになった。とろとろのそれを灰汁島はキスで吸ってくれて、瓜生が絶頂したのにあわせ、彼もまた埒《らち》をあける。

ゴムを取り替えて、力のはいらなくなった手足もうつ伏せのまま、もう一度。

口のなかと奥の奥をずっと灰汁島で埋め尽くされたまま、長く長く、抱かれた。

「まえから……じゃないから、脚、きつくない、よね？」

思いやりでしてくれているらしいけれども、寝バックの体勢はものすごく――よすぎて、瓜生はその後何度も、飛んだ。

翌日の体調ははたしてどうなるのかと、そんなことも考えられないくらいに溺れて、そしてたしかに、幸福ではあったのだ。

＊　＊　＊

その後の顛末としては、意外なほどあっけなく、ことは収束していった。

やはりというか五十公野は、脚光の当たらない仕事に嫌気がさしたらしく、瓜生の事務所が紹介した仕事を断ったりするうち、連絡にも応じなくなっていった。

収益をあてにしていたらしいネット配信も、瓜生ネタで受けたのはせいぜい数回。もともとそれほど話術があるわけでもなくキレやすい五十公野は、コメントをよこしたユーザーの発言に腹を立てて生放送中に暴言、炎上をくり返した。

どころか、せっかく例の半グレとは縁が切れていたはずなのに「バックについてる」といったほのめかしをしてしまい、度重なる暴力的発言や反社会的行動をにおわせる内容に、配信サイトのガイドライン違反となってアカウント停止。

それからさほど間を置かず、『元アイドルと裏社会のつながり』の暴露記事がアップされ、例のパーティーにおける『客引き』の役割を負っていた疑惑までが世間にさらされ、すべてのSNSのアカウントを削除し、実質的に消えた。

直前までエージェント契約をしていたのが瓜生の事務所の子会社であること、一時期は、やたら瓜生ネタで再生数を稼いでいたことから、瓜生自身などにも一瞬、関連しているのでは？　といった目が向けられたりもしたのだが、あくまでタチの悪い噂の域にとどまった。

というのも、灰汁島が一時期調べたとおり、五十公野が必死になって瓜生を懐柔しようとしてはいたものの、瓜生サイドからはまったく反応がないままだったからだ。

【そういえば瓜生くん、あの写真アップされたあと不愉快そうだった】

【ツイッターでもちらっと言ってたよな。魚拓これ】

【例のヒト、セキレイの楽屋に勝手にきて、ケンカ売ってたらしい。オッキーがめっちゃ顔背けてる写真もアップされてたけど、あれもその日のかなあ】

【水地さんの当時のブログに、関係者以外勝手にいれるなってスタッフに苦言を呈したって書いてあった】

と、ネット上でも反証が山ほど見つかっていた。

また、五十公野が『パーティー』につれこもうとしていたのは、瓜生だけではなかったらしい。元アイドルグループのメンバーらも執拗に誘われていたそうだが、一部はすでに一般人、一部は逆に、瓜生どころの騒ぎではない超大手の老舗事務所に所属している。

「たぶんだけど、そもそもの事件発覚は、その大手事務所が訴えたからじゃないのかって話も拡がってるみたいだね」

「ほんとのところは？」

「教えてもらえなーい」

宇治木プロダクションにも警察が聞き込みにきたらしいが、短期のエージェント契約はすでに切れていたことや、最後はこちらの連絡にも応じなかったことなどを通話記録などを添えて告げ、逆に瓜生が巻きこまれそうだった件を伝えると、余罪を調べると言って協力に感謝していたらしい。

「まあ、じっさい調べられたところで、なにもしてないんだけどね」

「被害にあいかけただけでも、大変だったのに」

お疲れ様、とねぎらいつつ、灰汁島はノートPCのキータイピングを止めない。あしたまでにアップしなければいけない短編が一本あるそうだ。

部屋には、修羅場が近くなると欠かさないコーヒーの香りが充満している。状況が詰まってくると、一杯ずつドリップとはいかないので、コーヒーサーバーに大量にいれておいてあるのだ。

タタタタタタ、と指先と眼球だけが動き続けている。真剣な横顔はかっこいい。ブルーライトカットのメガネもかっこいい。うっとりしつつ、瓜生は念のため問いかける。

「あのー先生、おれ帰ったほうがよくない？」

「いや、約束してたので。イサくんとすごす時間はぼくのご褒美なので」

「……そすか」

据わった目でものすごい勢いの打鍵をしながら言う灰汁島に、瓜生はひっそりと照れる。

「イサくんこそ、待たせてごめん。つまんなかったら適当に配信見るなりして」

「本読んでるからだいじょぶ」

仕事机に向かう彼とは別室、ベッドにもなるローソファに座って、クッションを抱えた瓜生は機嫌よく笑う。

「推し作家の仕事中の姿見られるとか至福……」

ぐふ、と顔に押しつけたクッションへと不気味な笑いを吸いこませ「なにか言った？」と聞き返す灰汁島には「なんでもない」と笑う。

「待ってるから、頑張って」

にこりと笑う瓜生に、灰汁島はぐっと顎を引いて「がんばる」と言った。

脱稿したら、灰汁島は疲労で寝てしまうだろう。ますます仕事が増えている恋人は本当に多忙を極めていて、もっぱらデートはおうちだ。

それでもいい。疲労困憊《こんぱい》でぐったりする灰汁島を膝に寝かせているだけで、瓜生は充分すぎるほど幸せだし満ちたりる。

まあ——たまに疲れすぎて睡眠欲が違う欲求に変換された灰汁島に襲われることもあるのだけれど、あれはあれで刺激的で楽しいとすら思う。

なんにせよ、べた惚《ぼ》れなのだ。彼が自分をどう扱おうと、文句はない。

部屋のなかには、キーボードをひたすら叩く音だけが流れている。

どんな音楽よりも豊かでわくわくするそれに、瓜生は知らず、唇をほころばせていた。

もういくつ寝ると

「臣《おみ》にいちゃん、ひさしぶり！」

インターフォンの音が消える間もなく開いたドアから、堺《さかい》家の一人娘、和恵《かずえ》がひょいと顔を出した。もう二十歳もすぎたというのに相変わらずの元気娘に、小山《こやま》臣は一瞬目を丸くし、そして微笑《ほほえ》む。

「おう、ひさしぶりだな、カズ」

「秀島《ひでしま》さんはもう、めっちゃひさしぶり……のはずなんだけどね」

「はは。この間は失礼しました」

「え？　おまえら会ってたっけ？」

この間とは、と臣は首をかしげる。秀島慈英《じえい》が帰国したのは半年ぶり、そしてこの長野市にある堺家にまで訪れたのは、すでに二年以上はまえの話になるのだ。

首をかしげれば、この数年でずいぶん大人びた和恵は少女のころと変わらない、ちゃきちゃきとした口調で「臣にいちゃん、なに言ってんの」と呆《あき》れた顔をする。

「自分だって使ってるでしょ、ネット通話」

「お、あ、おう」

「秀島さんのスカイプ登録してんの、臣にいちゃんだけじゃないってこと。っていうか、そもそも細かい機能の使い方とか、便利なアプリとかいろいろ教えたの、あたしだもん」

「えっそうなの？」

隣の慈英を仰ぎ見れば、苦笑しながらうなずいている。

「アインは基本設定までは業者にやらせておいてくれたんですけど、さすがにそういうケアまでは自分の役割ではないと……和恵さんにはお世話になりました」

「あはは。むかしからのメル友ですからね。遠慮なさらずなんでも聞いてください」

そういえばそうだった、と思いだす。いつの間にか和恵は慈英のメルアドをゲットして、なにくれと自分の情報を共有してくれていた。

なんだかなあ、と思っていれば、奥の方からぱたぱたとしたせわしない足音とともに、エプロンをつけた女性が現れる。

「……まあまあ、いつまで玄関で喋《しゃべ》ってるの。和恵、早くお通ししなさい」

「あ、いけね」

「いけね、じゃないわよまったく……お久しぶりね、臣、秀島さん」

にこりと微笑んだのは、上司、堺の奥方である明恵《あきえ》だ。娘の和恵とよく似た面差しながら、肝の据わりかたも迫力も段違いの彼女をまえに、慈英も背筋を伸ばす。

「あけましておめでとうございます。本年もよろしくお願い申し上げます」

「おめでとうございます。こちら、よかったら」

「あらあらまあ。いいのに。ご丁寧にどうも」

新年の挨拶《あいさつ》を交わし、手土産にと持ってきた酒瓶——慈英が見繕った、一風変わったベネチアングラスでできたボトルにはいった日本酒で、限定生産品だ——のケースを差しだす。

膝《ひざ》をついた明恵が丁寧に受け取り、彼女もまた年始の挨拶を述べた。

「ふたりともあけましておめでとう。今年もよろしくね。……あんたもちゃんとしなさい和恵！」

「いますするつもりだったもん！　……あけましておめでとうございます。本年もなにとぞよろしくお願い申し上げます」

母親に怒られて膨れるあたりは、女子高生だったころと大差がなさすぎて笑ってしまう。それでもきちんと膝をつき、礼に則《のっと》って挨拶を述べる和恵はやはり、大人の女性になったのだなと思えた。

「こちらこそ、どうぞよろしく」

「今年もよろしくお願いいたします」

ふたりそろって頭を下げたのち、顔をあげた和恵と目があう。照れくさそうに笑う姿はやはり、見知った少女と同じ笑顔で、臣はなんとなくほっとした。

「さあさ、いつまでも寒い玄関にいないで、あがってあがって」

ほらほら、と急《せ》かされながら靴を脱ぐと、明恵と和恵がそれぞれ、慈英と臣の背中にまわって居間のほうへと押しやってくる。この気安い扱いに、最初のころ慈英はずいぶんと慣れないようで面食らっていた。ためらうように、困ったように眉《まゆ》をさげて笑い、これでいいのか、と臣を見るような真似もしていた。

奇妙なことに、十代でほぼ家族の縁がなくなった臣より、両親の揃《そろ》った家で育ったはずの慈英のほうが、一家団欒《だんらん》というものをまるでわからないような気配があって、むかしはそれが不思議にも思えていたけれど——。

「秀島さん相変わらずでっかぁ」

「会ったころから身長は伸びてませんよ?」

「だから相変わらずって言ってんじゃん」

いまではすっかり、和恵とも軽口を叩いて接せられるようになっている。

(ほんと、ここんちはむかしっから……)

自分も、そして幾人か連れてこられて世話をされていた少年たちも、堺家のひとびとにぬくもりを与えられ、心を開かされてきた。たぶん慈英もそのひとりなのだ。

「敵《かな》わないすね、ほんと」

「ん? なんか言った?」

うしろから背中をぐいぐい押す明恵の問いに、臣は「なにも」と笑ってかぶりを振った。

そして足を踏みいれたのは、勝手知ったる堺家の居間。この家の家長であり、臣のかつての後見人であり、職場の上司である堺和宏《かずひろ》警部は、袢纏《はんてん》を着てこたつに埋もれる、見事なまでの日本の正月スタイルで、赤ら顔をゆるめた。

「おう、臣、秀島さん。よくきたなあ」

「ご無沙汰しております」

「あけましておめでとうございます」

膝をついて挨拶を述べようとすれば「いいって、いいって」と堺は手を振った。そうして自分の向かいに座るように示したのち、屠蘇器《とそき》を手に、盃《さかずき》をとるよう慈英に促す。

「まあ、まずは、ほれ」

「ちょうだいいたします」

慈英ももう慣れたもので、遠慮もせず大きめの盃を差しだす。堺は屠蘇の味が好きではないため、器こそそれだけれど、注がれたのは地元の蔵で造られた堺ごのみの辛口の日本酒だ。

つまりは、まだ昼時だというのにけっこうに、きこしめしている。

「……堺さん、もうできあがってるんです?」

こっそり明恵に耳打ちすれば「いつものことよ、正月は」と呆れ笑いが返ってきた。

なにか手伝いは、と臣も慈英も申し出たが「図体でかいのが入りきれるほど、うちの台所広くないわ」のひとことで一蹴され、堺の酌を受ける。

「秀島さんも、今年も無事に会えて、なによりだ」

酔うと陽気になる堺だが、いまは眠気のほうが勝っているのか、それともわずかな照れだろうか。ぽつりとそれだけを言ったあとは、もそもそとおせちをつつくだけになった。

「お雑煮温め直してるから、さきにおせち食べててちょうだいな」

明恵の言葉にうなずいて、臣は遠慮なく、正月用の飾り袋にはいった竹箸をとった。

大きめのこたつテーブルの上には、明恵と和恵の手作りおせちがずらりと並べられている。伊達巻き、昆布締め、ごぼうの肉巻き、紅白なます、錦玉子、田作りに、車エビ。そのほかお重からあふれそうな種類のどれもこれも、臣がこの家に世話になっていたころから変わらないラインナップだ。

「きんとんだけは、小布施の『栗鹿の子』なのも変わんねえな」

「うちで作るより確実に美味《おい》しいんだからそれでいいの」

すまし顔の和恵が盆に乗せた朱塗り椀《わん》を運んでくる。おおぶりなそれにたっぷりとよそわれているのは明恵オリジナルのお雑煮だ。大根、人参《にんじん》、白菜、里芋、牛蒡《ごぼう》、竹輪、蒲鉾《かまぼこ》、鶏肉といったたくさんの具材を、するめいかと昆布だしで煮たのち、白だしで味を整える。

「臣にいちゃんはお餅とりあえず二個いれてる。それ以上は入んないから、おかわりはあとでして。秀島さんは二個でいいんだよね？」

「恐れ入ります」

「りょーかい」

胃袋の容量もしっかり把握されていて、苦笑いするしかない。ほこほこと湯気の立つ椀を手に、まずは出汁《だし》をすすった。様々な具材から染み出した味が混ざり合い、豊かな滋味とあたたかさにほっと息をつく。

「っあー……この雑煮食うと、正月きたなあって感じする」

「ほんとですね」

しみじみとうなずいて、慈英もほっと口元をほころばせている。ふたりしてご機嫌に雑煮を食べていれば「そんなに褒めてもなにも出ないわよ」と笑った明恵が、大皿にはいった煮物を手に現れた。

「臣、あんたこれも好きでしょう、食べなさい」

「うわーどうしたの明恵さん、愛してる！」

たっぷりに盛られたそれは、マグロと大根の煮付けだ。年越しにはいつも鉄火丼を食べる堺家は、なじみの魚屋からかなりの量のマグロや中落ちを手にいれるため、あまったそれらを明恵はいつもこうして煮つけてくれる。

ショウガが効いた醤油《しょうゆ》ベースの甘辛い味つけ。日が経《た》っても不思議と固くならず、煮染められすぎて辛くなることもない。レシピを聞いてみても「カンでやってる」としか答えられないという『プロの専業主婦』ならではの味は、店だろうとどこだろうと絶対に味わえないものだ。

「あたしも真似してみるんだけど、どうもこの味になんないのよね」

いつの間にかちゃっかりと隣で雑煮をすする和恵が、首をかしげつつ呟く。美味しそうにつまんだ慈英も目を閉じてひたすらもぐもぐとやっているが、味の解析に至らないらしいのは気配でわかった。

「……来年、また食いにこないとな」

「来年って、正月からなに言ってんの。いつでもきなさいよ。実家みたいなもんなんだから」

べちんと背中を叩《たた》かれ「へい」とおどけた返事をする。

テレビでは正月のバラエティ番組が流されているけれど、全員が見るともなしに眺めつつ、これといった実のある会話をするでもなく、こたつにはいってだらだらとおせちをつつく。まったくもってありふれた正月の光景だけれど、慈英と臣にとっては、毎年とても新鮮だ。ことにここ数年、慈英は新年に日本にいるほうがめずらしかった。

(実家、かあ)

明恵の言葉に、すこしだけ奇妙な気分になったのは、係累のない臣とは違い、慈英は実家に帰ろうと思えば帰れるからだ。

慈英のいとこの照映《しょうえい》などは、彼の恋人である未紘《みひろ》を連れて里帰りを果たしたらしい。同棲《どうせい》生活の長いふたりは、このさき籍をいれることについてもなんとなく話しあっているそうで、いまはタイミングをみている、との話だった。

いったい、自分とのことをどう説明しているのかな、と、ときどき不思議になる。だがそれについての質問であるとか、実家に帰らなくていいのか、という言葉は、臣は口にしない。する必要はない——というより、慈英がそう判断しているのだと、いまは理解している。

なんとなく、左薬指のリングにふれた。変則的なかたちではあるけれど、籍もいれて、いまではパートナーであり家族でもある。

そういう密な間柄でも、なにもかもをつまびらかにする必要はなく、また踏みこめない部分があるのだということを——それはちゃんと尊重して、触れないように努力せねばならないことを、いまさらになって臣は学んだ気がしている。

「……遠距離はほんと、勉強になってんなあ」

「なんです、唐突に」

なんでもないと笑いながら、あのままべったりと彼にしがみつく関係でいたらと思ってぞっとしている、とは言いたくなかった。

あの時期はもちろん、臣にとって慈英がなにより必要で、欲しくて、彼から存分に与えられたもの——濃すぎるほどの愛情のおかげで、バランスを取っていたと思う。

だが、いつまでもあんな状況を続けられるものではない。たぶん変化や別離、その他のおおきなできごとあれこれがなければ、近すぎる距離にきっと、お互い窒息していた。

慈英のもらった正月休みは、今日をいれて十日足らず。たぶんむかしの自分なら、部屋にこもって自分の男を隅々まで堪能することに全部を費やしていた気がする。

それがどうだ。朝から初詣に行って、手土産を買って、向かいでうつらうつらと寝にかかる上司と、それに対して小言を言う女性ふたりをまえにして、ちびちびと酒を啜《すす》りながら雑煮を食べて笑っている。

あんまりにもふつうすぎて、穏やかすぎて、なんだか奇妙な気分にさえなる。のんびりして、しあわせで、なのになぜだか、目元が熱い。

大好きなひとたちがつつがなく年を越し、臣のまえにいて笑っている。それがどれだけの幸福であるのか、もういまの自分は知っている。

「……臣。お餅、三つ目。食べる？」

どうしてか見透かしたようなタイミングで、明恵が問いかけてきた。うん、とうなずけば、「三個目は、焼いたのいれる？　チンでいい？」と重ねて和恵が問い、腰をあげる。にゅっと突きだされた手に、臣は雑煮のはいっていた椀を渡した。

「焼いたの食べたい」

「ハイヨー」

さむさむ、と言いながら立ちあがった和恵は、いつの間にかどてらを着こんでいた。さきほど玄関で会ったときには一応正月仕様のワンピースだったはずなのだがと、臣は苦笑し、そのついでに目元に滲んだ涙をそっとぬぐう。

「いいお正月ですね」

見ないふりでいてくれる慈英が、口元だけでそっと笑った。うん、とうなずけば、長い腕が背中にまわって、ぽんぽんと軽くたたいてきた。すこしだけあまえるように肩をぶつけて、臣はずずっと洟《はな》をすする。

おかわりの雑煮がくるまで、食べるものは山のようにある。こりこりした数の子には出汁醤油と鰹節《かつおぶし》、海苔《のり》がかかっていて、くちあたりもしょっぱさもちょうどいい。ふっくら炊かれた黒豆に、これだけは和恵のほうがうまく作れるローストビーフ。紅白の蒲鉾はわさび醤油でいただくのがいい。そしてなんといっても小布施の栗鹿の子。ねっとり濃厚な甘味が、塩気に慣れた舌にがつんとくる。

「あーっ、ちょと、栗鹿の子そんなに食べて！」

「いいじゃん、どうせ大きい缶で買ってあるだろ？」

「そうだけど、そういう問題じゃないし！　臣にいちゃんの胃袋に任せてたらあっという間になくなっちゃう！」

雑煮を運んできた和恵が「食べ過ぎ！」と怒る。そういえばこいつもこれが好物だったと思いだし、臣は木さじでたっぷりすくったそれを、ごろごろした栗ごとばくりと口にいれた。

「うま」

「ちょっ、あたしの分まで食べないでよね⁉　臣にいちゃんはこっち、ほらっ」

慌てて近づき、香ばしいにおいの焼き餅がはいった椀を突きだしてくる。ありがたく頂いて、ゆで餅とは違う食感と香りを堪能し、臣は満足げに口元をほころばせる。

「あーやっぱうまい……おれ、ここんちの子になりたい……」

しみじみと言えば、明恵が「なに言ってんの」と呆れ声を出した。

「あんたはとっくにここんちの子で、勝手に嫁に行ったんでしょうが」

臣はその言葉に目をまるくし、隣の慈英がちいさく噴いた。じろりと睨《にら》めば「すみません」と言いはするけれど、広い肩がこらえきれず笑っている。

「ヨメじゃないですから。おれもダンナですから」

「まあそうね、あんたが嫁なんて高度な専門職、やれるわけないわねえ」

ああ言えばこう言う和恵の性格が誰譲りなのか、そして堺家を実質的に牛耳っているのが誰であるのか、正月いちばんから明恵は徹底的に示してみせた。

そして臣はやはり勝てないとうなだれるままに「仰せの通りで」とため息をつくしかない。

おかげさまで、一瞬の感傷にひたった涙は引っこんだ。雑煮の餅を噛《か》みきって、もちゅもちゅと咀嚼《そしゃく》しながら、照れにゆるみそうな顔をしかめてごまかす。

「あらやだ、お父さん完全に寝てない？」

「ええ、ちょっと。こたつで寝たら風邪引くでしょ、お父さん！」

かしましい女性陣の声に、慈英がひっそりと笑って臣を見た。

「いいお正月ですね、臣さん」

「……うん」

素直にうなずいた臣は、数日後にまた遠い場所へと行ってしまう伴侶《はんりょ》の肩にすこしだけ頭をもたせかける。

「あらためて、今年もよろしく」

「こちらこそ」

小声でささやきあう合間に聞こえてきたのは、堺の暢気《のんき》ないびきと、和恵の「起きろ！」という容赦のない声。

さて自分たちがいとまを告げるまでに、ろくに話もできなかった堺の目は覚めるかどうか。

「堺さーん、このまま寝ると慈英もおれも、ろくに挨拶もできないんですけど？」

そっと声をかけつつ、この時間のすべてを与えてくれた恩人でもある上司のまるい肩を、臣もそっと揺り動かす。

ふご、という間の抜けたいびきに笑ってしまえば、和恵が「もお！」と呆れ声を発して、父親の最近ますますまるくなった腹をぺんとたたく。

それがまたいい音をたてるから、臣はますます笑ってしまって、けっきょくまた目尻を湿らせてしまうのだった。

薬指にはもうすこし

【ちょっと具合悪くなって病院にいってました。いまから帰ります。胃に出血痕があったのですが、もうふさがっているそうなので心配はいらないそうです。鎮静剤が出たので部屋で寝てると思うから、気にしないでくださいね】

そんなメッセージが秀島照映《ひでしましょうえい》のスマホに届いていたのは、本社とのネットを介した営業会議の真っ最中だった。まず、画面ポップアップの『病院』の文字に顔がこわばり、ついで『胃の出血痕』に眉間のしわが深くなる。

おかげで隣席の霧島久遠《きりしまくおん》から「なにかまずい案件でも？」と問われる始末。いや、と言葉すくなに返して画面をタップし、ＳＭＳの内容を見せたが、さすがの相棒はにっこりと笑んだままうなずくだけだった。

その笑みが恐ろしく冷たく冴え冴えとしたものを滲ませていた事実には、おそらく照映以外誰も気づいてはいなかっただろう。

「ねえちょっと病院って？　胃から出血ってなに？　ミッフィーなにやってんの？　ていうか照映はなにしてたの？　容態は？　どの程度なの？　入院しなくていいわけ？」

どうにかつつがなく営業会議を終え、会議室兼社長室を出るなり、久遠はまくしたてた。

照映はうんざりとしながら、手早く荷物をまとめて帰り支度をはじめる。

「落ち着け。いまきたメールの内容以外は、健康診断で再検査食らったことまでしか知らん」

「そんで再検査結果は」

「まだだが……このところの顔色は最悪だったからな。想像がつく」

Tシャツを着替え、ジャケットを羽織った照映は淡々と答えた。さきほどは見事なポーカーフェイスを保った久遠のほうが、いらいらと顔を歪めている。

「あのな照映、想像がつくなら、なんでもっと早く」

「注意しなかったかって？　したし、メシにも気をつけたし、小言もそれなりに垂れたぞ。けどあいつが聞くと思うか」

じろりと睨めば、そこでようやくこの場で一番心痛を覚え、じつのところ取り乱しているのが誰かを思いだしたのだろう。久遠はそっと嘆息したのち「……それ」と照映の着ているシャツを指さした。

「作業着から、作業着に着替えてどうすんだ」

「あ?」

ジュエリー工房の社長兼職人である照映は、金属粉や火の粉で衣類を汚し、傷めるため、廃棄してかまわない服を仕事着にしている。徒歩圏内とはいえ「社長が見苦しい格好をするな」と久遠や未紘《みひろ》に口うるさく言われるため、通勤時はそれなりにマシな服を着るようにしているのだが、いま身につけているのは焦げ穴があき、煤汚れのようなものがあちこちについた、襟の伸びきったTシャツだ。

「……捨てるつもりだったやつだろ、それ。見た目ほど落ちついてないのはわかったから、頼むからおまえまで事故とかあうなよ」

「歩いて家に戻るのになんの事故だ」

「知るか。とにかく落ち着け。そしてミッフィーを叱るな。やさしくしろ」

わかったな、とつけつけと言われるまでもない。あの生真面目ワーカホリックな青年が胃に穴を開けたのは、責任を背負いすぎたからに決まっているのだ。そしてそんな大人になってしまったのが、誰の影響かなどと言うまでもない。深々と嘆息した久遠は、こぎれいなシャツに着替え直す照映に向けて吐き捨てた。

「ついでにおまえも休め。……ったく、一緒に暮らすと似るっていうけど、一番似なくていいとこ影響受けやがって」

「……おれだけじゃねえだろうが、あいつに影響したのは」

「けど根幹はてめえだろ。懲りたらフウフ揃って身体いじめて働くのやめろ」

いやそうに言った久遠の言葉に、照映は手を止めてしばし考えこむ。「どうした」と問う親友はやはりするどく、「いや」とかぶりを振った。

そしていま一番自分が落ちつかず、苛ついている理由の最大要因を、ようやく悟る。

「あいつがひとりで病院から帰ってくるのは、まあ、そういうことかとな」

「そういうって、……ああ」

心配をかけまいと、ひとりでなんでもできると、かたくなな子どもは頑張る大人になった。けれどそれを完全に支えきるための権利が、いまの照映にはない。

「ぼちぼちじゃないの、リングのデザイン。もう数年前にはあがってたろ」

「……まあ、あいつが体調整ったら、その辺の話も詰めるわ」

「プロポーズを話詰めるとか言うんじゃないよ、この朴念仁が」

べしんと頭を叩いてきた親友に「いてえよ」と言いつつ、足早に社屋を出る。

急《せ》く足取りに、なるほど事故るなと言われるわけだと苦笑しつつ、いっそのこと走っていくかと、長い脚は地面を蹴った。

今作は「ぼくは恋をしらない」続編となっております。

灰汁島視点だったものから、瓜生視点へと変更となり、彼の運命の出会いと現状のお仕事、そしてこの慈英×臣シリーズならではのトラブル。新キャラクターもわさわさと登場してなりまして、なかなかにぎやかになりました。

（余談ですが、大変いまさらながら、シリーズが続くにつれスピンオフキャラクターも増えてきたのに、このシリーズ名。二十年も続いてしまって、いまさら変更するわけにもいかず、最近頭を悩ませております）

さておき、今回は表題作と、二つの掌編を掲載しております。

ひとつは、二十周年記念本のおまけ企画としてＷＥＢ掲載していた、慈英と臣が堺さんの家でお正月を迎える話。『実家』に帰ってのんびりしているふたりです。

もうひとつは、フェアで書き下ろした「あまく濡れる呼吸」作中時間の、照映視点のお話。ここから、先日発行された短編集「薬指にたどりつくまで」表題作につながっていきます。

そして、二十周年の話題が出たところで。

じつは今年の五月で、デビューしてから二十五周年を迎えます。ここ数年の情勢がいろいろすぎて、なんだかあっという間に……という感じでした。相変わらずお仕事はゆっくりにさせてもらっておりますが、もうすこし動けるように今後も頑張っていきたいと思っております。

さて今回もお世話になり、またご迷惑もおかけしました、蓮川先生。前作とあわせてこれで灰汁島くんが四種はジャージを持っていることが判明しました。どれも可愛いです、ありがとうございます。表紙の見守る瓜生が楽しそうで素敵です！

そしてご担当さま、年末進行の大変ななか、何度も調整いただきありがとうございました。お体本当にご自愛くださいませ。

下読み今回もありがとう、イロハさん。他友人、家族、たくさんたくさん感謝です。

最後に、二十五年の歩みとおつきあいくださっている皆々様。最近、新規で読みはじめた方もいてくださって、ありがたいばかりです。今後とも何卒、よろしくお願いいたします。

※最近、ブログの更新がやりづらくなったのでＰｉｘｉｖＦＡＮＢＯＸをはじめてみました。カバー折り返しにＵＲＬがあるので、ご覧いただくと告知や雑記など読むコトができます。まだ使い方を試行錯誤中。よろしければ見てみてくださいませ。

✦初出　きみに愛をおしえる…………書き下ろし
もういくつ寝ると……………WEB掲載作（2020年1月）
薬指にはもうすこし…………中央書店コミコミスタジオ　ルチル文庫
フェアリーフレット（2021年9月）

崎谷はるひ先生、蓮川愛先生へのお便り、本作品に関するご意見、ご感想などは
〒151-0051 東京都渋谷区千駄ヶ谷 4-9-7
幻冬舎コミックス　ルチル文庫「きみに愛をおしえる」係まで。

幻冬舎ルチル文庫

きみに愛をおしえる

2023年1月20日　第1刷発行

✦著者　崎谷はるひ　さきや はるひ

✦発行人　石原正康

✦発行元　株式会社 幻冬舎コミックス
〒151-0051 東京都渋谷区千駄ヶ谷 4-9-7
電話 03(5411)6431［編集］

✦発売元　株式会社 幻冬舎
〒151-0051 東京都渋谷区千駄ヶ谷 4-9-7
電話 03(5411)6222［営業］
振替 00120-8-767643

✦印刷・製本所　中央精版印刷株式会社

✦検印廃止

ISBN978-4-344-85177-1　C0193　Printed in Japan